猫島神様のしあわせ花嫁
〜もふもふ妖の子守りはじめます〜

御守いちる

その小さな島は、美しい海に囲まれている。
猫がそこら中でくつろぎ、優しい人々が穏やかに暮らしている平和な場所。
――私はそこで、神さまと出会った。

目次

猫島神様のしあわせ花嫁

～もふもふ妖の子守りはじめます～

プロローグ

今でも彼のことを、何度も夢に見る。

「約束だから。絶対に絶対に、迎えに行くから」

もう何十回、何百回も見た夢だ。

私はこれが夢であると分かりながら、それでも彼に向かって必死に手を伸ばした。

今日こそは、なにかが変わるかもしれないと期待して。

「立派な――になったら、必ず弥生《やよい》のことを迎えに行くから」

だんだん遠ざかっていく少年に向かって、何度も叫ぶ。

「待ってるから！　私、ずっと待ってるから！」

伸ばした手は彼まで届かず、彼の姿はぼんやり歪《ゆが》んで消えてしまう。

私の声を遮るように、断続的なアラームの音が聞こえる。

私はベッドからもぞもぞと起き上がり、寝ぼけ眼《まなこ》で目覚まし時計を止めた。

カーテンの隙間から、眩《まぶ》しすぎるくらいの朝陽が射し込んでいる。

いつもと変わらない日常、いつもと変わらない私の部屋。

彼を待っているうちに、私はすっかり大人になってしまった。

それでもまだ心のどこかで期待している自分に失望し、大きな溜《た》め息をついた。

「――結局迎えに来ないじゃない」

私は通勤電車に揺られながら、夢で見た男の子のことを考えた。

あの子とは、瀬戸内海《せとないかい》に浮かぶ小さな島で出会った。

島の周囲は五キロメートル、人口も三百人ほど。別名『猫島《ねこじま》』と言われるほど、あちこちに猫がいた。

海に囲まれているから、潮の香りが強く印象に残っている。

狭い坂道だらけのその島にはいたるところで猫がくつろいでいて、猫が大好きな私からすれば天国みたいな場所だ。温暖な気候で、住んでいる人の話し方も、時間の流れさえもゆったりしている島だった。

その島には私のおじいちゃんが住んでいて、夏休みに泊まりに行くのを楽しみにしていたのだ。

あの子と出会ったのは、小学一年生の夏休みだった。

私は麦わら帽子をかぶり、島の中を探検して回っていた。

島の細い坂道を上っていくと、見晴らしのいい場所に、石造りの鳥居がある。鳥居をくぐり抜けると、小さな神社があった。

子供の私にも、ほかの場所より空気が澄んでいるような、神聖で厳《おごそ》かな雰囲気が分かった。

おじいちゃんに聞いたことがある。

この神社には、島の守り神が祀《まつ》られているんだって。

ひぐらしの鳴き声を聞きながらぼんやり鳥居を眺めていると、社の陰からえーんえーんと誰かが泣いている声が聞こえた。

不思議に思って声の主を探すと、同じ歳くらいの男の子がうずくまって泣いているのを発見した。彼が泣きじゃくるたび、艶《つや》のある少し長めの黒い髪が揺れる。

男の子は、白い着物を着ていた。珍しい服装だと考え、彼の顔を覗《のぞ》き込んで、思わず息をのむ。

信じられないくらい、綺麗な顔の男の子だった。肌は白く透き通っていて、反対に瞳は深い黒だ。

おそるおそる声をかける。

「……どうしたの？」

男の子は驚いた表情でこちらを見上げた。

その子を見た瞬間、「あぁ、彼は人間ではないな」と理解した。

どうしてそう思ったのか、理由はうまく説明できない。そういうものだ、としか言いようがない。

幼い頃から私には、不思議な力がふたつあった。

ひとつは、人間ではないもの——あやかしや幽霊などといったものを見る力。この力は、おじいちゃんも持っているので血筋かもしれない。

少年は警戒した様子で叫んだ。

「どうしてお前、俺が見えるんだ!?」

彼の剣幕に、おろおろとしながら答える。

「えっと……、あなた、やっぱり人間じゃないんだよね」

「当たり前だろ。人間なんかと一緒にするな！　俺は、神だ」

「すごい、神さまなんだ！　私、神さまを見るのは初めて！」

それを聞いた少年は得意げに胸を張った。

「そうだ、すごいだろ！　……まだ、半人前だけどな。今の俺は、人間には姿が見えないように術をかけている。なんでお前、俺のことが分かるんだ？」

私はおじいちゃんに言われたことを思い出しながら答える。

「えっとね。おじいちゃんが、私はあやかしとか幽霊とか、そういう人間じゃないものと波長が合いやすいって言ってた。あとね、『心が純粋な子供や、神やあやかしを強く信じている人は、人でないものを見ることができるんだよ』って。この島は神さまに守られている島だから、人間じゃないものも暮らしやすくって、たくさんいるんだって。だから私、よくあやかしの姿を見るよ」

少年は、どこかしんみりした様子で私の言葉を繰り返す。

「その通りだ。この島は、神に守られている」

彼が黙って海を眺めたので、私もしばらく隣で海を見つめた。

「それはそうと、あなた、どうして泣いてたの？」

「べ、別に泣いてなんか……」

「あ、もしかしてケガしてるの？」

そう声をかけると、彼はびくっと身を引いた。

どこかで転んだのだろうか。彼の膝小僧には、赤い血が滲《にじ》んでいる。

「うわぁ、痛そう」

「……平気だ」

男の子は強がってそう言ったけれど、どう考えても彼が泣いていたのは、このケガのせいだろう。きゅっと口を結びながらも、やはり傷が痛いのか瞳に涙が浮かんでいる。

「神さまも、ケガをするんだね。ねぇ、じっとしてて」

私は彼のそばにかがみ、膝の近くにそっと手をかざす。

「おいっ！」

男の子は、私を突き飛ばそうとする。それから鋭い目つきでこちらをにらんで叫んだ。

「人間なんか嫌いだ！　俺に近づくな！」

「大丈夫だよ、痛くないから」

「俺の話を聞け！」

私は再び彼の膝に手を近づける。

いつものように私の手の中に光が生まれ、彼の膝にあったケガは最初からなかったように、消えてしまった。

男の子はぽかんとした顔で私を見つめる。

これが私のもうひとつの力だった。私には、他人のケガを治せる力があった。

ケガを治すのには自分の体力を削る必要があるのか、友達が車に轢《ひ》かれて大きなケガをしたとき、力を使いすぎてそのまま倒れてしまったことがある。

しかもケガを治したことでその友達には「気持ち悪い」と言われて絶交されてしまったという残念な思い出つきだ。

彼にも気持ちが悪いと思われただろうか。やっぱりやめたほうがよかったかな。

そう考えていると、男の子はキラキラした目で私を見つめた。

「治癒の力が使えるんだ……。お前、すごいな！」

「え？　うん……」

ごく自然に受け入れられ、拍子抜けしてしまった。

それまで力があることで避けられたり嫌われたりしてばかりでまともに友達もいなかった私は、彼に喜んでもらえてとても嬉《うれ》しかった。

「俺も治癒の力を使う修行中でさ。あと空を飛んだり、瞬間移動したりするのも修行中。でも、なかなかうまくいかないんだ」

なるほど、もしかしたら空を飛ぶ練習に失敗して、派手に転んでしまったのだろうか。

男の子はにっこり笑って、私の手を優しく握った。

「ありがとな。お前、名前は？」

「私は、七宮《ななみや》弥生」

「弥生か。俺は……ぇえと、本当の名前は長いからな。成瀬《なるせ》廉治《れんじ》でいいや」

「廉治？」

「そう。まだ先のことだけど、人間の世界で生活する修行があって、そのときのために用意した名前なんだ。弥生、一緒に遊ぼう！」

「うんっ！」

その頃歳の近い友達がいなかった私は、それから夏休みの間、毎日のように廉治と遊んだ。

廉治との待ち合わせは、いつもふたりが初めて出会った神社だった。そこは廉治にとって、特別な場所なのだと話していた。

毎日空が暗くなる時間まで、ふたりで鬼ごっこをしたり、彼の修行の手伝いをしたり、島にいる猫を眺めたりした。

彼と過ごす時間は楽しく、私は夏休みの間に廉治のことを大好きになっていた。

ずっとこの島で、廉治と一緒に遊んでいたかった。

けれど私は子供だから、この島に居続けることはできない。夏休みが終われば、島を出て四国《しこく》にある自分の家に帰り、小学校へ通わなければならない。

夏休みの終わり、おじいちゃんの家を発《た》つ日。私は神社にいる廉治のところへ、お別れを言いに行った。

廉治と別れるのが悲しくて、ボロボロ泣いてしまう。

この島を出れば、もう二度と彼と会えない。なぜか、そんな予感がしたからだ。

廉治はそんな私を安心させようと、ハッキリした声で言った。

「弥生。俺、弥生が好きだよ」

その言葉に、胸がぎゅっと切なくなる。

「私も廉治が好きだよ。帰りたくない……ずっと一緒にいたいよ」

廉治は私の頭を撫《な》でて、優しく続ける。

「弥生、泣かないで。俺はまだ半人前だから、修行中はこの島から出ることができないんだ。だから、弥生が来年、この島に来るのを待ってるよ。それに俺が一人前の神になれば、世界中、どこへだって行ける」

廉治はまっすぐな瞳で私を見つめて言った。

「俺が一人前になって、弥生が大人になったら、結婚してくれ」

「うん……！」

「それで、ずっと一緒にいよう」

私は彼に向かって右手の小指を伸ばした。

「約束だよ」

「あぁ、約束だ。絶対に、弥生を迎えに行く。立派な神になったら、必ず弥生のことを迎えに行くから！」

「廉治のこと、ずっと待ってる」

私たちはしっかりと指を結んで、約束した。

なんてかわいい思い出だろう。

それが廉治と会った、最後になった。

翌年の夏休み、島に廉治の姿はなかった。

なにかの間違いだと思った私は、島中を探し回った。けれど、どこを探しても廉治は見つからなかった。

どうして？　廉治は、修行中は島から出られないと言っていたのに。

人でないものを見る力を持ったおじいちゃんにも、廉治のことを知らないかと聞いてみた。しかし、そんな子供を見たことは一度もないと言う。

泣きながら、何日も何日も廉治を探して。

夏が終わる頃、私はようやく彼の「待っている」という言葉と、結婚の約束が嘘だったことを理解した。


きっとあれが、私の初恋だったのだろう。

そんな淡い思い出を引きずったまま、気が付けば、私は二十二歳になっていた。

大学を卒業し、なんとか就職して二か月。今は仕事漬けの毎日だ。

とはいえ、これまで好きな人や、恋人がまったくいなかったわけじゃない。

大学二年生のときにも、付き合っていた彼氏はいた。

しかし彼には、私のほかにも何人も彼女がいたことが判明する。自分の好みの女性に手当たり次第に告白し、平気で何股もする、不誠実な男だったのだ。

彼の彼女だという人たちが大学まで乗り込んできて修羅場になり、私は少し男性不信になって、恋愛なんてしばらくどうでもいいやという心境で現在に至る。

そう、恋愛なんてしばらくはいいんだ。就職したばかりだし、私は仕事に生きるのだ。

会社に到着し、ロッカールームで制服に着替えていると、お世話になっている先輩から衝撃的な事実を聞いた。

「大変よ、七宮さん！」

「どうしたんですか？」

「この会社ね、もうすぐ倒産するんだって」

「えっ!?　と、倒産!?」

「そう。前から危ないって噂《うわさ》だったんだけどね。そろそろ本格的にヤバいらしいよ」

「えええええ!?」

「早く次の仕事探したほうがいいよ」

先輩の言葉通り、数日後には会社が経営破綻したこと、全社員解雇になることが告げられた。社長が逃げた、負債の額がとんでもないなど不穏な言葉が周囲の社員からこぼれている。

「冗談でしょ……だったらどうして新入社員とったのよ……」

頭が真っ白になりながらも電車を乗り継ぎ、寮に辿《たど》り着くと、信じられない光景が目に入った。

不幸は連鎖するらしい。

私が住んでいる寮が炎に包まれ、轟々《ごうごう》と音を立てて燃えていたのだ。

「な、なにこれ!」

寮の周囲には、大勢の野次馬が集まっている。

幸いケガ人はおらず、すぐに消防車が到着して火は消し止められたけれど、私の部屋は水浸しになってしまった。

その上二次災害の恐れがあるので、数日は部屋に入ってはいけないらしい。

「じゃあ私、どうすれば……」

大家さんにすがりつくと、今夜のホテル代をくれた。


私は一番近くのビジネスホテルに部屋を取り、到着と同時にベッドに倒れた。

時間が経つにつれて、じわじわ悲しみが押し寄せてきた。

喉が渇いて冷蔵庫を開けると、おあつらえ向きに缶チューハイが入っていた。

普段ならお酒なんてひとりで飲まないけれど、こんなときには飲まずにやっていられない。

私はぷしゅっとタブを開いて、一気にチューハイを半分ほど飲み下す。

酔いが回ってきたせいか、じわっと涙が目に滲む。私は泣き上戸だったのだろうか。

「どうしてこんなにひどい目にあうの？　仕事もなくなっちゃったし、寮も燃えちゃったし、部屋にあった物も全部水浸しで、これからどうやって生きていけばいいのよ！」

一度泣き始めたら、涙が止まらなくなった。大人なのに、情けない。

でもどうせここには、誰もいない。誰かに遠慮する必要も、取り繕う必要もない。

大声でわぁわぁ泣いていると、突然ふわりと頭を撫でられた。

「なにを泣いているんだ、弥生」

「……え？」

その声に驚き、一瞬で涙が止まる。

この部屋には、私しかいないはずだ。それなのに、男性の低い声が聞こえた。

パチパチと瞬きをすると、紺色の着物姿の男性が私の目の前に現れた。

「遅くなったな、弥生。俺の嫁になる決心はついたか？」

彼は私の頬に手をかけ、自分のほうを向かせる。

「──っ」

端正な顔立ちの人だった。

深くて澄んだ黒い瞳。通った鼻梁《びりょう》。少し長めの、濡れ羽色の髪の毛。真っ白な肌。細身だけれど骨格はがっしりとしていて、弱々しい印象はない。

人間だと思えないくらいに美しくて、思わず見とれてしまう。なんて素敵な人だろう。

彼に数秒見とれた後、私ははっとして言葉を発した。

「あなた、誰なんですか!?　鍵をかけたはずなのに、どうやってここに入ったの!?」

不審者だろうか。助けを呼んだほうがいい!?

「なんだ、もしかして俺のことを忘れてしまったのか？」

少し残念そうに言うその声に、なぜか強い懐かしさを覚えた。それに彼の深い瞳と、悪戯《いたずら》っぽい笑みにも見覚えがある。

遠い夏の日の記憶が、鮮明によみがえる。

ひぐらしの鳴き声。照りつける日差し。手をつないで、潮の香りのする坂道をどこまでも走った。

「……廉治？　まさか、廉治……さんなの？」

「なんだその呼び方は。よそよそしいな」

「だって……！」

私が知っていた廉治は、まるっきり子供だった。突然こんな風にかっこよくなって目の前に現れても、まるで知らない人のようだと思ってしまう。というか小学一年生の頃から会っていないのだから、他人同然だ。

「まぁいい、好きに呼べ」

そう言ってぐっと手を引かれ、彼の腕の中に抱き寄せられる。

顎に手を添えられ、視線を上げると鼻先が触れそうな距離に彼の顔があった。

その深い色の瞳に縫いつけられる。

「約束通り、迎えに来た。俺の花嫁になれ、弥生」

心臓がとくん、と大きく高鳴る。

「……はい」

彼と再び出会って、あらためて自覚した。

やっぱり私は、廉冶さんのことをずっと待っていたのだ。

諦めたふりをしていたけれど、無理矢理そう思い込もうとしていたけれど、本当は、ずっとずっと彼に会いたかった。

彼はくっ、と喉の奥で笑った。

「やけに素直だな。不気味なくらいに」

そう言われ、顔がかっと熱くなる。

「ち、違う！　今のは気が動転してて！　私、全部なくなっちゃって。仕事も、家も。

それに両親も海外にいて、頼れる人も誰もいなくって。だから、全部やり直したい気分だったっていうか……」

「そうか、それならちょうどいい」

廉治さんはふっと微笑《ほほえ》むと、私の身体を軽々とお姫さま抱っこした。

「きゃあっ！」

「よし、じゃあ俺の家に案内する。つかまってろ」

そう言ったかと思うと、廉治さんは窓を開いてそこに足をかけ、ぴょんと飛び跳ねる。

私はさっと青ざめた。

「ちょっと待って、ここ五階っ！」

眼下の道路を、車が行き来しているのが見える。

落ちる、というかこの高さから落ちたら死ぬ！

そう覚悟して、目をぎゅっと閉じたけれど——。

次に目蓋《まぶた》を開いたときには、潮の香りがした。

「え？」

それから、ざざぁ、と波の音も聞こえる。

「……海？」

気が付くと、私は廉治さんに抱きかかえられたまま、知らない家の縁側にいた。古いけれど立派な日本屋敷だ。

遠くを眺めると、海が揺らいでいるのが分かる。

「ど、どうして？」

間違いない。ここは私が子供の頃、夏休みに毎年訪れた、おじいちゃんが住んでいたあの猫島だ。

おじいちゃんは十年前に死んでしまったから、もうここにはいないけれど。

だけど私はたった今さっきまで東京《とうきょう》のホテルにいて、ここまで来ようと思ったら飛行機だって二、三時間はかかるはず。それが目を瞑《つぶ》っている一瞬で辿り着くなんて。

酔っているせいで、幻を見ているのだろうか？　いや、冷たい海風に当たった瞬間、完全に酔いがさめた。

廉治さんは悪戯っぽく笑いながら、こちらを覗き込んだ。

「なにを驚いた顔をしてるんだよ。神なら、このくらい当然だ」

「神さま……？」

廉治さんは自信ありげににやりと口角を上げた。

「そうだ。約束しただろ？」

その瞬間、幼い頃の廉治さんの言葉がありありとよみがえる。

『立派な神になったら、必ず弥生のことを迎えに行くから』

そうだ。立派な神さまになったら、私を迎えに来るって。彼はたしかにそう言っていた。

——だけど。

私の脳裏に浮かぶのは、再会の約束をした翌年、島で彼をどんなに探しても会えずに終わった、悲しい思い出だった。

次の年も、その次の年も、私は諦めきれずにずっと彼を探し続けた。しかし廉治さんが現れることはなかった。

それなのに、どうして今頃になって迎えに来たの？

もやもやした気持ちがくすぶるけれど、せっかく再会できたのに文句を言うのも忍びない。

今まで彼がどうしていたのか、聞いてもいいだろうか。そんなことを考えていると、タッタッタッと小さな足音が近づいてくる。

「お父さーん」

そう叫びながら走ってきたのは、灰色と白い毛の混じった、かわいらしい子猫だった。

え？　ということは今、この子猫がしゃべった？

子猫はくるりと宙返りをして、なんと人間の男の子に姿を変えた。

私は呆然《ぼうぜん》とした顔で男の子を見つめる。

彼は私がいるのに驚いて、警戒したように廉冶さんの後ろに隠れ、こちらをにらみつける。

「お父さん、誰ですかこの人」

男の子は、真ん丸な大きな瞳に、人形みたいな睫毛《まつげ》、柔らかそうな頬をしていた。

サラサラの銀灰色の髪は、彼の賢そうな顔立ちを際立たせている。セーラー服のような大きな襟の白いパーカーもよく似合っている。

天使が人間の世界にいたら、きっとこういう外見をしているのだろう。羽がないのが不自然なくらいだ。

男の子には羽がない代わりに、灰色の猫の耳と、尻尾が生えていた。

廉冶さんはにこりと笑い、男の子の頭を優しく撫でる。

私も、あまりのかわいらしさに思わず黄色い声をあげて、彼の前に腰を下ろした。

「かわいいねぇ」

「マオ、自己紹介できるか？」

廉冶さんに促され、男の子は困惑しながらもしっかりとした声で言う。

「僕は、成瀬マオです」

「いくつ？」

そう問いかけると、男の子はおずおずと右手の指を四本立てた。

「よ、四歳です」

「そっかぁ、賢いねぇ」

なんてかわいい子なんだろう、と一瞬ほんわかした気持ちになったが。

バッと立ち上がり、廉治さんに詰め寄る。

「いや、待って！　今この男の子、廉治さんのことをお父さんって言った!?」

「あぁ、そうだ。マオは俺の息子だ」

「息子!?」

「俺の嫁になるんだから、弥生はマオの母親になるな」

「え、えっと……!?」

あまりにも情報量が多すぎて、処理が追いつかない。

お父さんってことは、廉治さんはこの子の親ってことだよね。

え、誰の子？　私と結婚するんじゃないの？　母親はどこに行ったの？　今、私がこの子の母親になるって言った？

そもそもこの子は猫から人間になったよね。ということは人間じゃなくて、きっと猫のあやかしで……。

ぐるぐる考えていると、マオ君はぴしゃりと言い切った。

「僕は嫌です！」

「えっ」

「僕はこの人がお母さんになるの、嫌です！」

「えっ！」

それを聞いた廉治さんはおかしそうに笑って、ごしごしとマオ君の頭を撫でた。

「そうか、嫌か！　まぁ突然は無理だよな。だけど心配するな、弥生はすごく優しいから。きっとマオも仲良くなれるよ」

マオ君は怪訝《けげん》そうに眉を寄せている。

「とにかく、一緒に暮らしてみよう。暮らしているうちに、分かることも多いだろ」

というわけで、私もまだ混乱しているんだけど……。

ある日突然、神さまと結婚することになって、その上、あやかしの子供の母親になってしまったらしい。

一話　できたて家族と思い出の料理

その夜、私は廉治さんの部屋に呼び出され、彼の向かいに座った。

彼の服装と同様、この部屋も和風だ。障子に畳、壁には掛け軸、部屋の中は墨の香りがする。絵になるな、と浮ついたことを考えているのを悟られないよう姿勢を正す。

「話って、なんでしょう」

「これからの生活についてだ」

「はい」

「婚姻届とか、そういう正式な書類は弥生の気持ちが落ち着いてからでいい。ただ、島の人間に聞かれたら、もう結婚してると答えたほうがいい」

廉治さんは淡々とした様子でそう言った。

「そう……なの？」

「あぁ。この島、老人が多いからな。結婚してないのに一緒に住んでると言うと、色々詮索されると思うんだ。マオもいるし。まぁ弥生が会う人間会う人間に根掘り葉掘り聞かれるのが気にならなかったら、どちらでもいいんだが」

「それはちょっと嫌かな」

たしかにここは狭い島で、住んでいる人も限られている。いい噂も悪い噂もすぐに広まるだろう。余計な波風は立てたくない。

「えっと、じゃあ、ひとまず誰かに聞かれたら廉治さんの奥さんということにします」

「あぁ、そうしてくれ」

話が終わりそうになったので、私は廉治さんに問いかけた。

「あのっ！」

「うん？」

私はきゅっと拳《こぶし》を握りしめて言った。

「マオ君のお母さんって、その……」

「あぁ、マオの母親な」

廉治さんは、昔のことを思い出すように、遠い目をした。その眼差しは、なんだか少し悲しげに見える。

「マオの母親は、もういないんだ」

「いない……って」

それは、どういう意味だろう。ここを出ていったのか。それとも……。

考えていると、廊下からマオ君がパタパタと走ってくる足音が聞こえた。

それに気づいた廉治さんは、立ち上がってこちらに振り向く。

「悪い、なるべくマオ本人には聞かれたくない。また今度、ゆっくり話すから」

今度っていつ!?　ものすごく大切なことだと思うんだけど！

質問を続けようとしたけれど、マオ君がキラキラした顔で部屋に入ってきて、廉治さんに飛びついたので、私はなにも言えなくなった。

「お父さん、僕、ひとりで歯磨きできました！」

「おっ、偉いなーマオは！　さては天才だな？」

廉治さんは走ってきたマオ君を抱き上げ、ぐるぐると回転する。マオ君はきゃっきゃと声をたてて喜んでいた。

それは、近くで眺めているこちらまで幸せになるような光景だった。

しかしマオ君は私と目が合うと、キッとにらみつける。

マオ君は怒っていてもかわいいな、と楽天的に考えてしまうが、どうやら私は嫌われているらしい。


その後、廉治さんは私の部屋として、和室を一部屋自由にしていいと言った。

与えられた部屋の襖《ふすま》を開くと、畳の香りがした。物はほとんどなく、あるのは洋服簞笥《だんす》と机、それに布団が一組くらい。

私は布団の上に腰を下ろし、頭を抱える。

「私、本当にここで暮らして大丈夫なの？」

なんとなく流されてしまったけれど、ひとりになると急に不安になってきた。

たしかに私は廉治さんと幼い頃に結婚の約束をして、きっとずっと彼を待っていた。

待っていた、けれど。

ハッキリ言って、今は完全に他人だ。

何年も会っていないんだから当然だけど、私は廉治さんのことをなにも知らない。

あんなにかっこいい人に突然結婚しようと言われるなんて、結婚詐欺かドッキリと言われたほうがしっくりくる。

大学時代の彼のように、また騙されているだけなのでは？とトラウマが疼《うず》く。

そもそもどうして今まで迎えに来なかったのかも、聞いていない。

マオ君の母親がいないっていうのも、どういうことなんだろう。さっき聞こうとしたけれど、なんとなく流されてしまったし……。

やっぱりここを出ていったほうがいいかと考え、窓の外を眺めると、当然ながらもう日はとっぷりと暮れている。窓から海が見えたけれど、夜闇の海は少しおっかない。

それに、無惨に燃えてしまった寮を思い出す。

気になることだらけだけど、ここを出てしまうと、私には行く場所がない。新しい仕事のあてもないし、住むところもない。両親に連絡すれば、心配をかけてしまうし。

とりあえず結婚するかどうかは保留にして、しばらくはこの家に住んで色々と見極めることにしよう。

翌朝、目を開いた私は、見覚えのない木張りの天井に困惑する。

「え、なにここ、どこ……?」

一瞬動揺し、廉治さんの家だと思い出しながら身体を起こす。

「そうだ……私、廉治さんに、この島に連れてこられて……。やっぱり夢じゃなかったんだ……」

昨日はわけも分からないまま眠ってしまったので、今日はもう少しこの家と島のことを調べることにした。

廊下に出ると、眩しい太陽が降り注いで、遠くに海が見える。

廉治さんの家は島の一番高い場所にあるらしく、島を一望することができた。

「うーん、いつでも海が見える家って、いいかもしれない」

都会と違って、空気まで新鮮でおいしい気がする。

あらためて探索すると、廉治さんの家は、とても広かった。古いけれど清潔で、どこもかしこも和風の造りだ。

昨日使わせてもらったけれど、お風呂も旅館にあるようなヒノキ風呂だったし。

部屋数は多いが、普段使っているのは台所、居間、廉治さんの仕事部屋と寝室、マオ君の部屋くらいらしい。

余っている部屋はほとんど物置になっており、その一室が私に与えられたようだ。

顔を洗って台所へ行くと、廉治さんの後ろ姿が見えた。

彼は今日も着物姿だった。もしかして、いつも和服なのだろうか。凜《りん》とした彼の雰囲気にとてもよく似合っている。

私は少し緊張しながら、彼に声をかける。

「おはよう、廉治さん」

「おお、おはよう弥生」

廉治さんはフライパンでなにかを炒めていたけれど、そこからは焦げ臭い匂いがする。

「あの、廉治さん。それ、焦げてない？」

「えっ⁉　あ、ほんとだ！　やっべ、ちょっと見てないとすぐこれだ！」

フライパンの蓋《ふた》を取ると、見事に真っ黒焦げになった卵らしき物体がぷすぷすと煙を出している。

「……廉治さんって、もしかして料理苦手なの？」

彼は気まずそうに首の後ろをかいた。

「いやー、そうなんだよなぁ。俺、料理はどうにも下手でさ。ついでに言うと掃除も苦手だ」

神さまだし、てっきりなんでも完璧にこなせると思っていたから、少し意外だ。逆に親近感が湧いたかもしれない。

「それなら私、朝ご飯作るよ」

「ううん、私に気を使わなくてもいいのに」

「そんな、私にできることはやらせてほしいの！　この家に住まわせてもらうんだから、家事とマオ君のお世話は私に任せて！」

なにもしないでぼんやりしているのは申し訳ないし、性《しょう》に合わない。

そう考えて冷蔵庫を開いたが、中は空っぽだった。

「廉治さんって、普段料理しない人？」

「うん。せっかく弥生が来たから目玉焼きでも作ろうかと思ったんだが、やっぱりダメだった」

まぁ、目玉焼きを作ろうとしてあのありさまでは、なかなか料理はできないよね。

「てことは、普段の食事は？」

「いつも朝は適当に食パンとか食べてた。昼と夜は、カップラーメンとか、出前とか」

「ずっとそんな感じなの？」

「あぁ。俺には残念ながら、料理の才能があまりなくてな。ほかの部分の才能はあり余ってるんだが」

「はぁ」

私もひとり暮らしだったし、自炊はほどほどだったので、あまり偉そうなことは言えないけれど、身体によくなさそうな生活だ。

背後から強い視線を感じ、パッと振り返ると、小さな頭と猫の尻尾が見えた。

「マオ君、おはよう」

笑顔でそう挨拶するが、返事はない。マオ君は廉冶さんの後ろに駆け寄って彼の背中に隠れ、じっとりとこちらを見張っている。

今日も警戒されているなぁ。

彼の気持ちを考えると当然か。いきなり知らない人が一緒に住むようになったら、私だって嫌だ。

私はまだ幼い彼を眺め、つぶやいた。

「マオ君は、たしか四歳なんだよね」

彼はどうしようか悩んだ後、ぽそぽそとした声で答える。

「……はい、四歳です」

「そっかぁ」

顔に「それがどうかしたんですか！」と書いてある。考えていることが筒抜けで愛らしい。

余計なお世話かもしれないけど、マオ君は育ち盛りだから、きちんとしたものを作ってあげたほうがいいんじゃないだろうか。

「じゃあ私、とりあえず朝ご飯を買いに行ってくるよ」

「道が分からないだろ。一緒に行こう」

その言葉に、気分が弾んだ。たとえ近くに買い物に行くだけだとしても、廉治さんと出かけられるのは少し嬉しい。

「うんっ！」

喜んでいると、廉治さんの背後から再びとてつもない負のオーラを感じた。

マオ君の視線がさらにきつくなる。突然現れたよく知らない女にお父さんがとられるのが嫌なのだろう。

敵意がないことを伝えるため、マオ君に微笑みかけてみたけれど、彼はぷいっと顔をそらす。

まぁ、ゆっくりなじめばいいかな。

まだ本当にここでずっと暮らすのかも分からないし。

「綺麗な海だね」

家から出て坂道を下りると、朝陽が海に反射し、キラキラ水面が輝いているのが見えた。

さっきも思ったけど、海に近い場所に住むのって、なんだかいいな。後で時間があったら、海の目の前まで下りてみよう。

マオ君と手をつないで歩く廉治さんも、眩しそうに太陽を見上げている。

「だろ？　海が近いのは、この島のいいところだ。あと、猫もたくさんいるし」

そう言ってから、廉治さんはおかしそうに続けた。

「ただ、すげー不便だけどな」

「朝ご飯はコンビニに買いに行くの？」

「いや、コンビニなんてハイカラなものはこの島にはねーぞ」

「へ!?　コンビニがないの!?」

「あぁ、本島まで行けばあるけど、フェリーで一時間はかかるな」

「わぁ、最寄りのコンビニまで一時間かぁ……」

そうして私たちは、こぢんまりしたスーパーへ到着した。チェーン店ではなく、個人でやっているお店みたいだ。

私は棚を見ながら、なににしようかと悩む。

マオ君はキラキラ瞳を輝かせ、メロンパンを手に取った。

「お父さん、僕、メロンパンでもいいですか？」

マオ君はメロンパンが大好きみたいだ。

きちんとした朝ご飯にしたほうがいいんじゃ……と口を挟みたかったけれど、あのかわいさで頼まれたら私はなにも言えない。

昼や夜に野菜が多めのおかずにすればいいかなと考え、結局私も焼きそばパンを買い物カゴに入れた。

「廉治さん、昼ご飯と夜ご飯の買い物もしたほうがいいかな？」

廉冶さんにそう問いかけると、彼は意味ありげににやっと微笑む。

「いや、その必要はないと思うけどな」

どうしてだろう？


その答えは、家への帰り道ですぐに分かった。

私たちがスーパーを出て歩いていると、背後から突然厳しい声がして、おばあさんに呼び止められる。

「なぁ、あんた！」

最初は私に言っているとは思わなかったけれど、おばあさんは、どうやら私を呼んでいるようだ。

「は、はい!?　私ですか!?」

私、なにかいけないことをしただろうか。

びくびくしていると、おばあさんはずいとこちらに顔を寄せ、私を値踏みするように、ジロジロとにらみつける。

なんだろう、新住民への洗礼とか!?　私、なにかこの島の掟《おきて》を破りましたか!?

戸惑っていると、廉治さんがにこやかにおばあさんに声をかけた。

「おはよう、菊《きく》さん。腰痛は治ったか？」

「まぁまぁだね。最近針をやってもらってるから、だいぶ楽だけど」

それからおばあさんは私に向き直り、怖い声で言った。

「あんた、成瀬先生のところの嫁かい？」

成瀬先生って、廉治さんのことだよね。

「え、えぇと、そんな感じです」

「さよか、じゃあ、これ持っていきぃ」

そう言って、おばあさんは背負っていたかごを下ろし、中に入っていたトマトを私に手渡す。真っ赤に熟《う》れて大ぶりで、とてもおいしそうだ。

「これな、うちで育ったトマトやから。形は不ぞろいだけど、おいしいから持っていき」

「えっ!?　でもそんな、悪いです」

私が断ろうとしていると、後ろから別のおばあさんがやってきた。

「おや、見ない顔だねぇ」

菊さんと呼ばれたおばあさんが、その人に説明する。

「この子、成瀬先生のところの嫁だって」

「おや、あんたがそうなの。じゃあ、これも持っていきな。うちの畑で育ったスイカや」

そう言って、そのおばあさんは私にスイカをくれた。

「えっ、えっ、でも……」

そうこうしているうちに、後ろからおじいさんが来て、今度はアジの干物をくれた。

「この子が成瀬先生のところの？」

「おお、成瀬先生のところの子か。刺身あるぞ、捌《さば》きたてだ！　刺身食べるか、刺身！」

「うちは米がいっぱいあるぞ、持ってくるから待ってな！」

「ちょっとあんた、こっちに来てみな！　この子だよ、この子！」

「え、えっとぉ……」

ぼんやりしているうちに、どんどん人が増えていく。

集まった人たち、特におじいさんやおばあさんが、大量の魚や野菜や果物をくれたので、あっという間に抱えきれないほどの大荷物になってしまった。

いや、ありがたいけれど。……ありがたいけれど、島のおばあさんやおばさんたちの目つきが、ちょっと怖いような。

「成瀬先生の嫁か……普通の子やねぇ」

「普通やわ」

「悪い子じゃなさそうだけど」

「平凡やね」

「平凡やなぁ」

ヒソヒソ噂話をされているのが筒抜けなんですが！

どうやら廉治さんは、年齢問わず島の人たちから人気らしい。この島のアイドルみたいな存在なのだろうか。

廉治さんはそれに気づいているのかいないのか、笑顔で彼らに手を振った。

「みんな、ありがとうなー」

お礼を言われた人々は、満足そうに私たちを見送る。

私はなにが起こったのかを理解できないまま、もらった食べ物を抱えて歩いた。

三人で分担したけれど、それでもみんな両手がいっぱいになるくらいの食料が集まった。

「嵐のようだった……」

なるほど、食材を買う必要がないって、こういうことだったのか。

廉治さんの言っていた通り、この島は老人の人口比率が多いみたいだ。だからだろうか、島全体の雰囲気ものんびりしている。

私は感心しながら言った。

「みんな、すごく親切だね。やっぱりその……廉治さんが神さまだから?」

そう問いかけると、彼はカラカラと笑って言った。

「あ、俺が神だってことはほとんどの人間は知らないから! 弥生も言わないでくれ」

「えっ、そうなの!? そういえば、島の人たちには廉治さんとマオ君の姿が普通に見えていたみたいだけど、どういうこと?」

「俺は立派な神だから、完全に人間になりきって生活することができるんだ」

「へぇ。子供の頃は術が不完全だったみたいだけど……一人前の神さまになれば、自在に姿を消したり現したりできるのね」

「あぁ。俺と同じように、マオのようなあやかしが人間の姿に化けた場合も、普通の人間にも認識できるようになるんだ」

たしかにマオ君は、猫の耳と尻尾が出ているとき以外は人間そのものだ。

「ただマオはまだ小さいから、人間の姿を維持するのに苦労してるけどな。当然マオも、あやかしだということは秘密だ」

「なるほど……」

複雑なことは分からないけれど、島の人々はふたりのことを普通の人間だと思っているらしい。

私たちが大量の野菜や魚を抱えて坂道をふらふら歩いていると、足元でにゃあと鳴き声が聞こえた。

「あ、猫」

視線を落とすと、二匹の猫が物欲しそうにこちらを見ていた。一匹は白い体に黒ぶち、もう一匹は茶色の縞《しま》模様の猫だ。

「かわいい。魚の匂いにつられたのかな」

私は猫のそばにしゃがむ。

人に慣れているようで、逃げたり怖がったりする素振りはまったくない。むしろ早くエサをよこせ！と催促するようににゃーんと鳴いた。

猫が食べられそうなものはなんだろう。

さっきもらった中に、マグロの刺身があったのを思い出す。

「じゃあ、あなたたちにもおすそわけね」

そう言って刺身を数切れ分けようとして、廉治さんにたずねる。

「あの、このお魚あげても大丈夫？」

「あぁ、大丈夫大丈夫。この島の猫は、島の全員で飼ってるようなもんだから。好きにしたらいい。猫は別に魚が好物ってわけでもないはずだが、こいつらは島の人間に新鮮な魚をもらい慣れてるせいか、よく食べるよ」

そうか、地域猫ってやつか。

私が安心して地面に刺身を数切れ置くと、猫たちは嬉しそうにそれをはぐはぐと食べる。

私から距離を取っていたマオ君も、猫たちを見てほんのり表情を緩めた。

「ふふ、かわいいねぇ」

私は頬杖をつき、しばらく猫の食事を眺める。

すると近くからまたにゃあ、にゃああと複数の鳴き声が聞こえてきた。

「ほかにも猫がいるんだ……」

はっとして周囲を見ると、塀の上から、屋根の上から、木の陰から、十匹ほどの猫がこちらを見ていた。

「わっ！　いっぱい！」

猫たちはちょっとずつこちらに近づいてきて、じりじりと距離を詰める。

みんなかわいいんだけど、たくさんいると迫力がある。

「れ、廉冶さん！」

助けを求めるけれど、廉治さんはおかしそうに笑っているばかりだ。

「焦らないで！　もう、分かった、分かったから！」

私は猫たちの催促に負け、結局大きな塊《かたまり》ごと刺身を持っていかれてしまった。

猫たちが我先に食べようといっせいに刺身に群がるのを、私は圧倒されながら眺めていた。


家に帰って三人で朝ご飯を食べた後、廉治さんと私はなんとなく彼の部屋で話す流れになった。

「子供の頃に来たときもそうだったけど、相変わらずこの島にはたくさん猫がいるね」

「エサをねだられるのはこの島に来た人間あるあるだな。でも毎回猫の催促を聞いてたら、家に帰る頃には全部食べられちまうぞ」

「うん、次回からは気を付ける」

そう答えたものの、猫からの催促を振り切る自信もあんまりない。

少し出かけただけでいろんなことがあったけれど、この島の人も雰囲気も温かくて好きだ。

「廉治さんは、お年寄りに人気なんだね」

「そうだなー、年寄りには好かれてるかもな」

「どうして？」

「さあ？　年寄りは信心深いからな。やっぱり肌で、俺がありがたーい存在だって分かるんじゃないか？」

「うーん、そうなの？」

最初は廉治さんのことを神さまだと知っているからだと思ったけれど、そうでもないらしいし。廉治さんはかっこいいせいか、彼を取り巻くオーラのせいか、なにもせずただ立っていても目立つというか、存在感がある。だからなのだろうか。

納得しそうになった私に向かって、彼は付け加えた。

「あとたまに、習字教室もやってるからな。暇なじいさんばあさんはよく通ってる」

「なんだ、それでお世話になってるから私に優しかったのね」

廉治さんは現在、書道家として生活しているらしい。

さっきスマホで調べてみたら、書道家としてはかなり有名で、百年に一度の天才なんて言われているようだ。そっちの世界に疎《うと》い私は、全然知らなかった。

「神さまって、働くんだね」

私は部屋の壁に掛かっている掛け軸を見つめる。

この家の中にも、廉治さんの書いた作品がいくつか飾ってある。

私は書道のことはよく分からないけれど、廉治さんの書いた文字は力強くて美しくて、自然と目を惹《ひ》きつけられた。そういう意味では、彼の作品も彼自身によく似ていているのかもしれない。

「まぁ、なにもせずのらりくらりと過ごしてもよかったんだけどな。それだとつまらないだろう？　俺は神としてこの地を守っているだけでなく、書道家としても成功している。どうしてか分かるか？」

「字が上手だから？」

廉治さんは筆を硯《すずり》に置き、きっぱりと言い切った。

「違う。俺が天才だからだ」

「はぁ」

すごい自信家……。

ふざけるようにカラカラと笑った後、廉治さんは真面目な顔つきでこちらに向き合った。

「俺に聞きたいことが色々あるだろう。なんでも聞いたらいい」

「どうして私を迎えに来たの？」

彼は当然だというように答える。

「どうしてって、約束しただろう？　弥生は忘れていたのか？　迷惑だったか？」

私はぷるぷると首を横に振った。

「ううん、ずっと覚えていたよ！　だから、嬉しかった」

私は廉治さんのことを忘れられず、彼を待っていた。けれど思い出の中の小さな彼と、現在のかっこいい男性になった彼とのギャップに戸惑ってしまう。

「廉治さんが来てくれて、嬉しかったけど……」

問いかけの途中で、私の言葉は遮られた。廉治さんが両手で、私をぎゅっと抱き寄せたからだ。

「ちょっ、廉治さん⁉」

彼の腕に抱きすくめられて、動揺してしまう。

「そうか！　弥生は俺が迎えに来て、嬉しかったのか！」

オーバーなリアクションに、目を白黒させてしまう。

「そりゃ、待ってたし、嬉しいは嬉しいけど……あの、廉治さん、近いっ！　それに、まだ色々納得してないんだからっ！」

抗議も虚しく、私はそのままとんと畳の上に押し倒された。

「え⁉」

顎に手をかけられ、目の前に廉治さんの顔が迫る。

もしかして、キスされる？

想像しただけで、頬がかっと熱くなった。

「ちょ、ちょっと待って！」

彼は言うことをちゃんと聞いてくれて、唇が触れる直前でピタリと動きを止めた。

「どうして止めるんだ？」

廉治さんは不思議そうに目を細める。

「どうしてって、どうしても！」

「夫婦になったんだ」

彼は私の手を取り、手の甲に軽く口づける。

それだけで、恥ずかしくて顔から火が出そうになった。

「っ！　ま、待ってってば！」

混乱した私は起き上がり、廉治さんの身体を押し返そうとした。

「ま、まだ朝だよ！」

「夜まで待てばいいのか？」

「そういうわけじゃなくて！　だって、私たち、まだ会ったばっかりだし！」

彼は妖《あや》しく微笑んだ。

この笑顔を見ると、なんでも受け入れてしまいそうになるから困る。

「とにかく、そういうことはまだ早くて！」

たしかに私は、ずっと廉治さんに会いたかったんだと思う。だけど、子供の頃一緒に遊んだとはいっても、今の廉治さんは初対面みたいなもので、私は彼のことを全然知らない。

「じゅ、順序ってものがあるじゃない！」

私は起き上がって、ぼそぼそと話す。

「あの、昨日は、嫁になるかって言われて、つい返事をしちゃったけど」

「あぁ。まさか後悔してるのか？」

「いえ、そういうわけじゃないの。だけど、心の準備ができてないっていうか……分からないことばっかりだし。結婚の約束をした次の年も、その次の年も、私この島に来て、廉治さんを探したんだよ。だけど待ってるって言ったのに、廉治さんはいなかった。私に言ったことは全部嘘だったんだって、悲しかった。それなのに、どうして今さら……」

少し責めるような口調で言うと、廉治さんは真剣な眼差しをこちらに向けた。

「時間がかかって悪かった。色々事情があって、急に島を出なくてはいけなくなってな。一人前になるまでは、弥生を迎えに行けなかったんだ。俺が無茶をすれば、弥生にまで危険が及ぶ可能性があったし」

「そう、なの……？」

ただ忘れていたんじゃなくて、一応私のことを考えてのことだったのだろうか。

「とはいえ、弥生を待たせてしまったことは、本当に申し訳ない」

彼が素直に頭を下げるので、それ以上責める気持ちがなくなってしまった。私って、甘いのかな。

「久しぶりに弥生に会えたのが嬉しくて、俺も焦りすぎていた。弥生をずいぶん待たせたしな。ゆっくりいくよ」

そう言ってから、廉冶さんは私の手を軽く握り、不敵に微笑む。

「それに、どうせすぐに俺を好きになる」

その笑い方があまりに彼に似合っていたので、言葉を失ってしまった。

「本っ当に自信家！」

そう言うと、廉冶さんはまたおかしそうに笑った。


私は廉冶さんの部屋を出て、廊下を歩きながら溜め息をつく。

――びっくりした。

突然キスされそうになるなんて。

思い出しただけで、顔がぼっと熱くなった。

廉冶さんの言葉が本当なら、一応、会えない間も私のことを考えていてはくれたのかな。

立ち止まって悩んでいると、とてててと小さな影が廊下を走っていった。

「あ、マオ君」

名前を呼ぶと、彼はちらとこちらを振り返る。そしてまた、なにも言わずに階段を上り、二階に上がっていってしまった。

廉治さんに聞きたいことは、たくさんある。聞かなきゃいけないと思っているのに、また聞けなかった。

マオ君と、マオ君のお母さんのこと。廉治さんと誰かの子供なのだろうか。母親はいないと言っていたけれど、その女性とはどうなったのだろう。

女性の扱いに慣れてる様子だったし、廉治さんは、遊び人なのだろうか……。

廉治さん、私を嫁にするなんて言っていたけど、実はほかの女の人とも遊びまくって、いろんなところに子供がいるとか？　私を迎えに来るって約束がありながら、ほかの人と結婚していた可能性だってあるわけだし。

そんな人じゃないって信じたいけれど、私は彼のことをなにも知らない。

考えれば考えるほど、深みにはまりそうだ。

大切なことだし、さらっと聞いてしまえばいいのに。

私は首を横に振った。

いや、きっとなにか理由があるはずだ。とりあえず、今は廉治さんのことを信じて待ってみよう。

「昼ご飯、できましたよー」

私は作ったご飯を机の上に並べ、廉治さんとマオ君を呼ぶ。

「おお、うまそうな匂いがする」

廉治さんに続いて、マオ君も無言で席につく。

「いただきます」

三人で手を合わせる。

献立はアジの干物、だし巻き卵、キュウリの漬け物にほうれん草と豆腐の味噌汁《みそしる》だ。

材料はほとんど島の人たちにもらったものだ。

だが、私には懸念があった。

私は特別料理がうまいわけではない。

ひとり暮らしを始めた大学一年の頃は、張り切って凝った料理を作ったりもした。

しかしたくさんおかずを作っても、食べるのは私ひとりなので余らせるともったいない。それに、ひとりきりで食べるのは寂しいし、味気ないものだ。

そのうち私はお弁当や総菜を買うか、簡単な物しか作らなくなった。

なので、自分の作る料理にはまったく自信がない。

私は今朝廉治さんが、黒焦げの塊にしていた卵を思い出す。さすがにあそこまでの惨状にはならないけれど。

今日の献立は、料理のレシピサイトを見ながら試行錯誤してみた。

「人に料理を作ったこと、あんまりないから。おいしいといいんだけど」

ドキドキしながら、廉治さんの反応を見ると。

「うん、おいしいよ」

……あれ？

廉治さんは口ではそう言ってくれるけれど、なんだか無表情だ。というか、顔が強ばっているような気がする。

「マオ君はどうかな？」

そう問いかけると、マオ君は戸惑ったように口を少し動かし……私から視線をそらして、もそもそと食事を続ける。

まぁ、食べてくれるってことは、大丈夫ってことなのかな。

ふたりとも作ったものはすべて完食してくれたけれど、本当においしいと思ってくれたのだろうか。

昼食を終えると、仕事の電話がかかってきたらしく、廉治さんはすぐに席を立った。

マオ君もするりと別の部屋に消えてしまった。

私はお皿を洗いながら、ひとりで唸《うな》り声をあげる。

「うーん……」

廉治さんの反応、微妙じゃなかった？　ああいうもの？

それとも嫌いなものでもあったのかな。

マオ君も、やっぱり壁がある感じだし……。単純においしくなかったのだろうか。

そう考えだすと、どんどん落ち込んでしまう。

たしかにお魚は焼きすぎて少し焦げてしまったし、味噌汁も火を消すのが遅くて煮立ってしまった。キュウリも分厚かったし、だし巻き卵は味付けが濃かったかもしれない。

「私、全然ダメかも……」

考えれば考えるほど、ダメな気がしてきた。落ち込みそうになって、自分を奮い立たせる。

今がダメでも、次にもっとおいしいものを作ればいいのよね。

試行錯誤しているうちに、三日ほどが経った。

相変わらず、廉治さんの料理への反応は今ひとつだ。きちんとおいしいとは言ってくれるのだけれど。

和食を作ったり、洋食を作ったり、変わった材料を使ったりしてみたりするのだけれど、考えれば考えるほど迷路に迷ってしまうみたいだ。

「やっぱり私の料理、おいしくないのかなぁ……」

夕飯が終わり、縁側で月を見上げながらそんなことを考えていると、後ろから廉治さんの声が聞こえた。

「ここにいたのか」

突然声をかけられ、びくりと心臓が跳ねる。

今の声、聞こえていなかっただろうか。いや、いっそ料理に不満がないか、ハッキリ聞いたほうがいいのかな。

彼はお風呂上がりらしく、前髪を上げていて、石鹸《せっけん》の香りがしたので少しドキリとした。

「弥生も風呂に入ってきたらどうだ?」

「うん、もうちょっとしたら入る」

廉治さんは隣に腰かけて空を見ながら、ぽそりとつぶやいた。

「順序を追って、か」

「え?」

なんのことだろうと考え、部屋で押し倒されたことを思い出し、顔が赤くなる。

「あ、あの、廉治さん……！」

「手をつなぐのは大丈夫か？」

真剣な表情でそう問いかけてくる廉治さんは、なんだか緊張しているようだった。

「え？　……うん、大丈夫」

そう答えて手の平を差し出すと、彼はほっとした様子でそっと自分の手を重ねる。

骨張った指が触れ、鼓動が速くなる。

もしかして、私に嫌だと言われないかどうか、不安だったのかな。

そんな顔をされると、少しかわいいと思ってしまう。廉治さんのような大人の男の人でも、緊張することがあるのだろうか。

ふたりで手をつなぎ、縁側に座って遠くで聞こえる波音に耳を傾ける。からりとした風が夏の夜の空気を運んでくる。

「マオ君は？」

「自分の部屋でもう眠ってるよ」

「え、ひとりで寝ているの？　偉いね。私なんて、中学生になるくらいまで、親と一緒に寝ていたけど」

そう話すと、廉治さんはふっと微笑んだ。

「マオは、しっかりしてるから」

しばらく沈黙が落ちてから、私は口を開いた。

「廉冶さんは神さま……なんでしょう？」

「そうだよ」

「神さまって、なにをするの？」

「見守るんだ」

「見守る？」

「あぁ。俺はこの島の神だから。この島の人間を見守る。それが俺の仕事」

「それだけ？」

「そう、それだけ。特別なことはやらない。この島の人間が幸せになれるように、ただ祈るだけ」

「そうなんだ」

廉冶さんは楽しそうに微笑んで付け加えた。

「まぁ介入しようとしたら、島をまるごと破壊したりもできるけどな」

「ええ!?」

私が驚くと、彼はケラケラと声をたてて続ける。

「そんなことしないよ」

廉冶さんって飄々《ひょうひょう》としているから、本気なのか冗談なのか分からない。

「さ、そろそろ寝ようか」

戸締まりをした後、廉治さんは静かにマオ君の部屋の襖を開ける。私も彼の後ろから、その様子をチラリと覗いた。マオ君の寝顔を見て、思わず叫びそうになる。

「か、かわいい……！」

「いつもしっかりした顔してるけど、寝顔は天使だよな」

私は廉治さんの言葉に激しく同意する。

起きているときもかわいいけれど、眠っているマオ君は、本当に天使そのものだった。

マオ君の母親のことが、また脳裏をよぎる。

他人の私から見ても、マオ君はとても愛らしい。本当の母親だったら、絶対にマオ君の成長を近くで見守りたいはずだ。

けれど、マオ君の母親の気配は、この家にはいっさいない。マオ君の母親は、どこに行ったのだろう？　別れたのだろうか。それとも、亡くなった？

「廉治さん……」

事情をたずねようとしたけれど、眠っているとはいえ、マオ君本人の前で聞くようなことじゃない。

私がきゅっと口を結ぶと、廉治さんはなにか察したのか目を細め、顔を傾ける。

「マオは大切な子だ。弥生も優しくしてやってくれ」

「……うん」

考えを見透かされたようで、ドキリとした。

廉治さんとマオ君の母親にどんな事情があったとしても、マオ君には当然なんの罪もない。


翌日のお昼、私はもう少しマオ君と仲良くなろうと考えて、家の中を探した。

マオ君は大人しい子だ。廉治さんが部屋で仕事をしているときは、邪魔をしないように、いつも縁側で絵を描いている。障子が閉まっているから廉治さんの姿すら見えないのだけれど、廉治さんの近くにいるだけで嬉しいみたいだ。

本当に廉治さんのことが好きなんだな。

今日もマオ君は、廊下に寝っ転がってクレヨンで絵を描いていた。画用紙に描かれているのは、おそらくこの島の猫たちだろう。

「上手だね」

そう声をかけると、マオ君は両手でさっと絵を隠す。

私が急に声をかけて驚いたからか、彼の頭から猫耳が現れ、ピンと張って低く外を向いている。警戒されてしまったのだろうか。

「僕に、とり……！」

「鳥？」

「と、取り入ろうとしたって無駄です！」

「別に、そういうつもりじゃないよ」

マオ君は射貫くような視線を私に向ける。

「……お父さんのこと、好きなんですか？」

ストレートにそう聞かれた私は、しばらく悩んでから答える。

「実は、よく分からないんだよね」

本心からそう答えると、彼は不思議そうに眉を寄せる。

「分からないんですか？」

「うん。でも、おもしろい人だなって思うよ」

「おもしろい……？」

「それに、私はマオ君ともお友達になれたらいいなって思ってるよ」

マオ君は、さらに意外そうにパチパチと瞬きをする。

「友達……ですか？」

「そう。友達になれないかな？」

返答に迷っているからか、彼の尻尾がバタバタと大きく揺れている。

目は口ほどに物を言うっていうことわざがあるけれど、マオ君の場合、尻尾と耳を見たほうが感情が分かりやすいかもしれない。

「僕、友達がいないからよく分かりません。僕と友達になったら、なにかいいことありますか？」

「あるよ！　だってマオ君、かわいんだもん！　もともと私、猫大好きだし！　マオ君と一緒にいるだけで、幸せな気持ちになるから！」

マオ君は複雑そうな顔をしている。まぁそうなるよね。

だけど子猫のマオ君も思わず頬ずりしたいくらいかわいいし、人間になったマオ君も、とてもかわいい。さすがに自分の子供だと考えるのはまだ難しいけれど、歳の離れた弟がいたらこんな感じなんじゃないかって思う。

「だから、考えておいてくれない？」

そうたずねると、マオ君はびくっと跳ねて、そのまま逃げていってしまった。

しかし少し離れた柱の陰からチラリとこちらを覗いて、私と目が合うと、はっとしたように顔を引っ込めた。

もしかして、嬉しかったんだろうか。こういうこっちを気にしてなさそうでちょっと気になっている様子は、懐かない猫みたいでかわいいなと思ってしまう。

「マオ君！」

少し大きな声で名前を叫ぶと、彼の尻尾がぴょこんと柱から覗く。

「……なんですか？」

「廉治さんの好物って知ってるかな？」

「……教えません」

「じゃあ、マオ君の好物は？　今日のご飯、マオ君の好きなものを作るよ」

そう言うと、マオ君は一瞬ぱっと表情を輝かせる。

「僕は……」

マオ君の好物が聞けるだろうか。そう思って身を乗り出すと、彼はまた柱に顔を引っ込めてしまう。

「い、いりません！」

きっぱりと言い切り、そのまま階段を上がって二階に行ってしまった。

惜しいな、あともう一押しなような気がしたんだけど。

夕方になると、私はまたもや思い悩んだ。

今日も晩ご飯を作らないと。材料を買いに、歩いてスーパーに向かうことにする。

とはいえ、なにを作ったら喜んでくれるのか分からない。

玄関先にいた茶色の猫が、にゃあと鳴いてこちらを見上げる。私は溜め息交じりにその猫に話しかけた。

「気分が重くなっちゃうねぇ」

「どうして気分が重くなっちゃうの？　お嬢さん、なんだか暗い顔してるね」

一瞬、猫がしゃべったのかと思って心臓が跳ねた。

けれど女性の声だったたし、玄関先の猫よりも、少し離れた場所から聞こえた。

私はキョロキョロと声の主を探す。

声をかけてきたのは、髪をひとつ結びにした優しげな女性だった。三十代半ばくらいだろうか。私よりは年上だろう。

手には箒《ほうき》を持っている。どうやら掃き掃除をしていたみたいだ。

「えっと……」

「あぁ、ごめんね。最近成瀬先生のところで、よく見かけるなと思って。あたしは隣に住んでる、安住喜代《あずみきよ》。喜代さんって呼んで」

彼女はお隣の奥さんのようだった。そういえば、何度か見かけたことがあるかもしれない。

「こちらこそ、ご挨拶が遅れて申し訳ありません！　私は……」

自分の名字を言おうとして、言葉に詰まる。

廉治さんと、結婚したことにしようと約束したんだっけ。

「えぇと、成瀬弥生です」

なんだか変な感じだ。

そう考えながら頭を下げると、喜代さんは元気よく笑った。

「弥生ちゃんっていうのね。よかった、やっと声をかけられて。ずっとチャンスをうかがってたのよ。ほら、この島、人口が少ないからさ。弥生ちゃんのこと、すごく噂になってて」

「あー」

たしかに野菜や魚をもらったとき、すでにみんな私のことを知っているみたいだった。さすが小さな島、情報の伝達が速い。

「あたしもずっと話してみたいと思っていたのよ。成瀬先生、こんなにかわいい奥さんがいたんだねぇ」

「はぁ……」

奥さんと言われて、自信を持って答えられないのがなんだか悲しくなってしまった。

私は一体、廉冶さんのなんなのだろう。花嫁と言って連れてこられたけれど、別に籍を入れたわけじゃないし、今のところ、お手伝いさんという立場が一番近い気がする。

私が言い淀《よど》んでいると、喜代さんはにこりと微笑んで話題を変えてくれた。

「この島、若い人が少ないからさ。新しい住人は大歓迎よ！」

「たしかに、ご老人が多い島ですよね」

「そう、あと猫！」

「どこを見ても猫ばっかりですもんね」

「そうそう。だからよかったら、仲良くしてね」

「はいっ！」

喜代さんはおしゃべりできるのが楽しいらしく、明るい声で続けた。

「島の年寄りにいじめられなかった？」

私は苦笑して答えた。

「いえ、そういうのは全然。みなさん親切ですよ」

「成瀬先生、天才書道家って有名だから。この島でも、アイドルみたいな存在だし」

島のアイドル……。なんとなく納得だ。

「みたいですね。私、テレビとかあんまり見なくて。廉治さんのことも、全然知らなくって」

「成瀬先生、あのビジュアルでしょ？　一時期、本土からも取材が殺到して、マスコミとかが集まってわーってなっちゃって。だけどそういうのは面倒くさいって、全部断っちゃったらしいよ」

たしかに廉治さん、取材とか人に囲まれるのとか、面倒くさがりそうだ。マイペースに生きている感じがするもの。

やっぱり私は廉治さんのこともマオ君のことも、まだまだ知らない。

喜代さんは箒を持ち直して問いかけた。

「ところで弥生ちゃん、なにか落ち込んでた？」

「あー……はい。恥ずかしながら」

私、通りすがりの人が見ても分かるくらいに顔に出ていたんだろうか。情けない。

「あたしでよかったら、相談に乗るよ。ほら、よく知らない人のほうが、打ち明けられることもあるでしょう？」

初対面の喜代さんに話すのは迷惑ではないかと考える。だが、たしかに相談できる人が欲しいと思っていたのも事実だ。

「実は、料理のことで悩んでいて」

「料理？」

「はい。廉治さんとマオ君にご飯を作っているんですけれど、あんまり反応がないというか」

私は頬をかきながら小さな声で付け加える。

「小さい悩みですよね」

するとき喜代さんは、想像以上に共感してくれた。

「いやいや、主婦にとっては大問題よ!? 一生懸命作った料理、おいしいって言ってくれなきゃ腹が立つでしょ！ あたしだったらぶっ飛ばしちゃう！」

勢いのいい返答に、思わずクスクスと笑ってしまう。勝手な想像だけど、喜代さんの旦那さんは彼女の言うことに逆らえないんじゃないかなと思った。

「一応、おいしいとは言ってくれるんです。だけどなんかこう、暖簾《のれん》に腕押しというか、手応えがないというか……」

「どうして毎日頑張って料理を作るのかって、大切な人においしいって言ってもらうためでしょう？ もちろんそれだけじゃないけど、おいしいって言ってくれたら、よかった、どんなに大変でも疲れていても、この人のためにまたおいしいものを作ろうって思うものじゃない」

私はうんうんと頷いた。

「ふたりに喜んでもらう料理を作るには、どうしたらいいと思いますか？」

喜代さんは少し考えた後、元気な声で言った。

「そうねぇ。まずは自分が好きな料理を作ってみたら？」

「私の好きな料理……」

「うん！ 自分の好きなものって、料理に限らず人にすすめたくなるじゃない？」

そう言われて、ひとつ作ってみたい料理を思いついた。

「たしかに！　喜代さん、ありがとうございます。私、頑張れそうな気がしてきました！」

「うんうん。なにかあったら、あたしでよかったらいつでも相談してね」

喜代さんは悪戯っぽい笑みで付け加える。

「だってこの島、娯楽が全然ないんだもの」

「娯楽……？」

私がそうつぶやくと、喜代さんはまたおかしそうに大きく口を開いて笑った。

まだまだこの島のことも、廉治さんのこともマオ君のことも、分からないことだらけだ。

だけどふたりのことを知りたいなら、まずは自分のことを伝えてみよう。

私の好きなもの、感じたこと。きっと言葉にしないと、伝わらない。

それから私は近くのお魚屋さんで、鰆《さわら》を買ってきた。

身に塩を振ってから切り込みを入れて、しばらく待つ。その間に、しょうがを薄切りにする。あとはフライパンに水と砂糖、醤油《しょうゆ》、みりんを入れて煮立てるだけだ。

魚の煮付けなんて私には難しいかと思っていたけれど、作ってみると意外と簡単だった。

ふつふつと煮立った鍋から、甘い香りが漂い始める。

振り返ると、マオ君が柱の陰からじっとこちらを見つめていた。料理が気になっているのか、尻尾がくねくねと揺れている。私と目が合うと、さっと隠れてしまった。

私はクスクス笑ってから、マオ君に声をかける。

「マオ君、夕飯できたから、運ぶの手伝ってくれるかな？」

そう声をかけると、マオ君はまたひょこんと顔を出した。

「……はい」

「廉治さーん、できましたよー」

私が声をかけると、仕事部屋から廉治さんが現れた。

「お、うまそうな匂いがする」

いつものように食卓について、全員で手を合わせる。

私は勇気を出して、ふたりに話しかけた。

「あの！」

ふたりはお箸を取ろうとした手をピタリと止めて、不思議そうに私に注目する。

「えっと、この料理なんだけど」

「鰆の煮付けだな」

「うん。昔ね、おじいちゃんが私に教えてくれた料理で」

「へぇ、そうなのか」

「うん。この辺りは、鰆がおいしいんだって。私、小さい頃魚が苦手だったんだけど、この煮付けはすごくおいしくて、思い出に残っていて」

私は優しいおじいちゃんの笑顔を思い出しながら言った。

「弥生にも大切な人ができたら、作ってあげなさいって言ってたのを思い出したの」

それを聞いた廉治さんは、優しげに目を細める。

「そうか」

「うん。お隣の喜代さんに、悩んでいるなら自分の好きな料理を作ったらいいって、アドバイスしてもらって。だから」

廉治さんは昔を懐かしむように緩く微笑む。

「弥生のおじいさん、俺も昔この島で見たことがあるよ。話したことはないけど、いつも笑顔で優しそうな人だった。もう亡くなってしまったんだよな」

「……うん」

「だけど、その人がいなくなっても、思い出はずっと残り続ける」

私はその言葉に笑顔で返事をした。

「そうだね。私ね、実家を出てからずっとひとり暮らしだったから、ふたりと一緒にご飯を食べられて嬉しいんだ」

「俺も、ふたりと一緒にいられて嬉しいよ」

そう言った廉治さんの笑顔は本当に綺麗で、思わず見とれてしまう。

「な、マオ？」

問いかけられたマオ君は、どうしようか迷っているように口を結んでいた。


それから廉治さんもマオ君も、おいしそうに夕食を完食してくれた。

私の気持ちが伝わったようでほっとしていると、食後のお茶を飲みながらまったりしている廉治さんに、

「ところで、悩んでたってどういうことだ？　弥生、なにか悩んでたのか？」

と問いかけられた。

マオ君は、隣でジュースを飲んでいる。

「え？　えっと……廉治さん、私の料理、おいしくない？」

廉治さんは寝耳に水という表情で答える。

「え、うまいけど……。俺、いつもおいしいって言ってなかったか？」

「うん、いつもそう言ってくれてるけど、なんだか表情が硬いというか、本当かなって悩んじゃって。私も料理に慣れていないし、失敗してるから、廉治さんとマオ君、

がっかりしてるのかなって」

　それを聞いた廉治さんは、その場で思いきり頭を下げた。

「悪い！」

　勢いに焦って、私はパタパタと両手を振った。

「い、いや、そんな謝ってもらうことじゃ！」

　廉治さんは少し照れくさそうな様子で続けた。

「……多分、弥生と一緒にいられるのが嬉しすぎたから」

「え？」

「あんまりだらけきった顔してると、がっかりされるかと思って、かっこつけてたんだよ。……だから、表情が硬く見えたんじゃないか？」

　予想外の理由に、私はぽかんとしてしまう。

　かっこつけてた？　だから、少しぶっきらぼうに見えたの？

「でもそんなの言い訳にならないよな。不安にさせて悪かった」

　それから廉治さんは隣にいるマオ君を抱きかかえて言う。

「弥生の料理、おいしいよな。世界一うまいよなー、マオ」

「……はい、おいしいです」

　マオ君が、初めておいしいって言ってくれた。

嬉しくて目をパチパチしていると、マオ君は言おうかどうか迷ったように、一瞬こちらをチラリと見て、それから恥ずかしそうに顔を下げ、小さな声で告げた。

「僕、今度オムライスが食べたいです」

私は満面の笑みで返事をする。

「もちろん！　じゃあ、明日はオムライスにするね！」

喜代さんの言葉を思い出し、本当だ、と喜びがあふれてくる。

胸の奥が、なんだかポカポカと温かい。

おいしいっていうたったひと言で、今までの悩みが全部吹き飛んじゃったみたいだ。

二話　マオの秘密と幼稚園

私の朝は、近所の猫の鳴き声で始まる。

今日も窓の外から、にゃあにゃあと猫の声が聞こえた。眠い目をこすり、布団から起き上がって縁側に向かう。いつものように、庭に三匹の猫が集まっていた。

「今日もいつもの顔ぶれだね」

この島には何十匹、何百匹も猫が暮らしている。

最初は見分けなんてつかないだろうと思っていたけれど、不思議なもので、よく会う子や近所で見かける子はなんとなく区別がつくようになってくる。

特に最近うちによく来てくれるのは、茶色い三毛猫だ。

そういえば、三毛猫のオスが生まれる確率は三万匹に一匹程度で、非常に珍しいという話を思い出した。あれはどういう理由なのだろうか。

ぼんやり考えていると、三毛猫は媚《こ》びるような甘い声でエサをねだった。

「よしよし、今日のキャットフードはちょっといいやつだぞ」

エサ用のお皿に缶詰を開けると、三匹の猫は我先にというように、はぐはぐとおいしそうにそれを食べる。

お腹がいっぱいになると猫たちは満足したのか、ぴょんと塀の上に上がり、私のことなどすっかり忘れてしまったような澄ました顔で歩いていく。

「ふふ、現金ですねぇ」

まぁ、そこが猫のかわいいところなんだけど。

この島にはありとあらゆる場所に猫がいて、風景の一部のようになっている。

前住んでいた寮では動物を飼うことが禁止だったので、猫と好きなときに触れ合えるこの島はとても楽しい。

それに我が家にもひとり、小さな猫さんがいるし。

私は台所に移動し、朝ご飯を作ることにした。オムレツとサラダとスープにパンという、簡単なレシピだ。

だけどひとり暮らしのときは寝起きが悪くて、朝ご飯を食べる習慣がなかった私からすると、きちんと朝食を作っているだけで大きな進歩に思える。

朝食の準備を終え、廊下を歩きながら島を見下ろすと、今日も海は穏やかな色をしていた。

私はマオ君の部屋の襖をカラリと開いた。

「おはよう、マオ君」

「うーん……」

マオ君は布団の中でもぞもぞと寝返りを打つ。

「朝ご飯食べよう」

背中を揺らすと、猫耳がピクピク震えて、猫の尻尾がゆらゆらと揺れる。その仕草が愛らしい。

私と目が合ったマオ君は、はっとしたように猫耳と尻尾をしまう。

「お、おはようございます」

それからちょっと悔しそうな顔で起き上がり、トテトテと洗面所に向かった。

マオ君は、気を抜いたりなにかに集中したりすると、耳と尻尾が出てしまうときがある。しかし廉治さんいわく、それはあやかしとして半人前ということらしい。

マオ君は早く廉治さんのように立派な人になりたいので、尻尾や耳を見られることを屈辱だと感じているようだ。

別にかわいいからいいのにね。


いつものように三人で朝食を食べ終えると、マオ君はお気に入りのスケッチボードとクレヨンを抱え、廉治さんに言った。

「絵を描いてきます」

「おう、昼飯までには帰ってこいよ。あんまり遠くに行くなよ」

「はい！」

元気よく返事をして、マオ君は走っていった。

「本当に絵を描くのが好きなんだね、マオ君」

「だな。初めて会ったときから、ずっと描いてるよ。さ、俺も仕事するか！」

廉治さんが仕事部屋にこもったので、私は洗濯物を干すことにした。

庭に出て、燦々《さんさん》と光が降り注ぐ明るい太陽を見上げながら、大きな欠伸《あくび》をする。

「今日もいい天気だなぁ」

「本当ねー。洗濯物がよく乾くわ」

そう言ったのは、お隣の喜代さんだった。

「ふふ、弥生ちゃんおはよう」

「あ、喜代さんおはようございます」

私たちの家は庭が隣り合っているから、洗濯物を干しているときによく塀ごしにおしゃべりをする。

今日は喜代さんの隣に、男の子がいた。喜代さんの息子の悠人《ゆうと》君だ。マオ君と同じ、四歳。白いポロシャツと短パンをはいて、リュックを背負い、黄色い帽子をかぶっている。これは近くの幼稚園の制服だという。

「悠人君もおはよう」

悠人君は塀から身体を乗り出し、元気よくこちらに手を振る。

「おはよ！　なぁなぁ、弥生姉ちゃん聞いてよ。俺の今日のお弁当、ハンバーグなんだぜ！」

「へぇ、いいなぁハンバーグ、おいしそう。私も食べたいなー」

「だろー?」

悠人君は得意げに鼻の頭を擦る。

喜代さんは悠人君の背中をぽんぽんと叩《たた》いた。

「ほら、そんなところに乗っかると制服汚れるでしょ。それにもう時間ないから行くよ。じゃあ弥生ちゃん、またね」

「はーい、行ってらっしゃい」

私は手をつないで歩く悠人君と喜代さんを見送りながら、ぽつりとつぶやいた。

「幼稚園かぁ……」

私はいつもひとりで絵を描いているマオ君の背中を思い浮かべた。

マオ君って、幼稚園には行かないのかな。


その日の夕方、廉治さんはいつもの着物と違い、黒い作務衣《さむえ》を着ていた。

「あれ、珍しい格好。どうしたの?」

「これから書道教室だからさ。汚れてもいい格好にしてるんだ」

「書道教室かぁ」

そういえば廉治さん、書道の先生をやっているって言ってたな。

「廉治さん、私もなにか手伝えることない？」

「気を使わなくていいぞ」

「ううん、ただ単に退屈なの」

「そうか、なら教室の準備を手伝ってくれるか？」

「うん！」

書道教室は、家の隣にある離れでやっているようだ。離れは平屋の造りで、教室のために作ったスペースらしい。

部屋を掃除して、等間隔で机と座布団を並べていく。

そのうちに、小学生くらいの子供たちが数人集まってきた。

「先生、こんにちはー」

廉治さんは彼らに挨拶をする。

「はーい、こんにちは。座って座って」

子供たちは入り口で靴を脱いで行儀よく並んで座ろうとするけれど、私の顔を見て、驚いたように声をあげる。

「先生、この人、先生のお嫁さん？」

「お母さんが成瀬先生のところに女の子がいるって言ってたー！」

廉治さんは胸を張って言葉を返す。

「そうだぞ、かわいいだろー？」

「ちょっ、廉冶さん！」

子供たちはその言葉に声をたてて笑う。仲のいいお兄さんと近所の子という感じだ。

それから数分して、大人たちも離れにやってくる。

大人はおじいさんやおばあさんが多く、教室はすぐに二十人くらいの人でいっぱいになった。

書道教室は課題が決まっているらしく、みんな熱心に練習している。

ひらがなを書いている子、漢字を書いている子、難しそうな文章を書いている人など、さまざまだ。

「成瀬先生、ここがいつもうまく書けません！」

生徒のひとりに呼ばれると、廉治さんはその人のところに行って、一緒に文字を書いたり、アドバイスしたりする。

「毎回、ここで失敗するってかまえちゃってないか？」

「たしかにそうかも……」

「緊張すると、のびのびと書けないからな。俺も字を書くときは、心を穏やかにして書くことを心掛けてるんだ。肩の力を抜いて、落ち着いてゆっくりやってみな」

私は彼の表情を見て、少し意外だと思った。

さっき雑談していたときとは違って、廉治さんの顔つきは真剣そのものだった。家にいる彼とは別人ではないかと思ってしまうほどだ。

本当に書道が好きなんだな。

一時間ほどの教室が終わると、子供たちは元気よく帰っていく。

「先生、さよーならー」

「はい、さよなら。今日言ったところ、練習しておくんだぞ。また来週な」

続いて、大人たちもゆっくりと離れを出ていき、廉治さんはひとりひとり、丁寧に挨拶を返していた。

その様子を見ているだけで、彼が島の人に慕われていることがよく分かって、自然と口元が緩む。

人がいなくなってがらんとした部屋で片付けを始めるのかと思いきや、廉治さんはひとりで机に向かって字を書き始めた。

私は少し離れた場所で、邪魔をしないように彼を見守る。

やがて廉治さんは、一枚の作品を書き終えた。見事な文字に、思わず歓声をあげてしまう。

「廉治さんって、本当に字が上手なんだね」

しみじみとそう言うと、彼はおかしそうに笑った。

「この文字は、普通の漢字となんだか違うね。丸っこいというか」

「これは隷書《れいしょ》という書体だ。楷書《かいしょ》や行書《ぎょうしょ》よりも、ずっと古い書体なんだ。お札の日本銀行券の文字も隷書だよ」

「あぁ、だからなんとなく見覚えがあるのね」

廉治さんは再び筆をとり、なめらかな動きで文字を書いていく。

「文字の書き始め――始筆《しひつ》のとき、隷書は進行方向と逆の方向に穂先を入れるんだ」

そう言われて注目すると、たしかに彼は筆をくるりと回すように動かしている。

「一定の速度で書くことで、線の強弱をなくすんだ」

「へぇ、文字を書くスピードまで決まってるんだ」

「で、終筆《しゅうひつ》の前で、大きな波――波磔《はたく》を作る。一文字につき、原則波磔はひとつ。最も強調する部分が波磔だ」

そう話しているうちに、あっという間にまた見事な作品が完成する。

私は感心して溜め息をついた。

「この書体、好きだな。私もいつか書いてみたい」

すると廉治さんは優しく微笑んだ。

「だったら、弥生も書いてみたらいいじゃないか」

「え!?　でも私、初心者だし、もっと簡単なのから書いたほうがいいんじゃないの？」

「別に、書きたいと思ったものを書けばいいんだよ。その気持ちが一番大切なんだから。それに、近くにいいお手本がいるし。ためしにやってみたらどうだ？」

「う、うん」

私は廉治さんと入れ替わり、彼の座っていた場所に腰を下ろす。

まさか書かせてもらえるなんて思っていなかったから、緊張してしまう。

彼の書をお手本にしながら、新しい半紙の前で筆をとる。

「持ち方は、穂先を逆にな」

廉治さんが後ろに立ち、私の手の上から筆の持ち方を教えてくれる。

廉治さんの手、指が長くて綺麗だな。それに耳のすぐ後ろで話されると、そわそわしてしまう。

普通に教えてくれているだけなんだろうけれど、彼が近くにいることにドキドキして、全然集中できなかった。

「うー、文字が震えてるし、全然速度も一定じゃないし、難しいね」

へろへろの文字が完成してそう漏らすと、廉治さんは楽しそうに笑った。

「すぐには難しいかもしれないけど、練習すれば上手になるよ。でも、こうやって字を書くと、新鮮な気持ちになるだろ？　自分と向き合いたいときやなにかに迷ってるときに筆をとると、文字にそのまま表れて、おもしろいよ」

「うんうん。書道って、今まで学校の授業でしかやったことなかった。ありがとう、廉治さん。また書いてもいいかな？」

「あぁ、いつでもこの部屋使っていいよ。弥生が書きたいと思ったら書けばいい」

一段落したので、ふたりで部屋を片付けることになった。

私は部屋の空気を入れ換えながら言う。

「お仕事をしているときの廉治さんってすごく真剣で、なんだかちゃんとした先生みたいだね」

「みたいじゃなくて、先生なんだよ」

そうつっこまれ、クスクスと笑ってしまった。

片付けを終えると、離れの鍵を閉め、家まで戻る。

「お茶でも淹《い》れましょうか？」

「ありがとう。仕事部屋にいるから、そっちに持ってきてもらっていいか？」

「うん」

湯飲みと急須をお盆にのせて縁側を歩いていると、途中でお隣の悠人君が帰宅した姿が見えた。

「悠人君、おかえりなさい」

私が小さく手を振ると、悠人君は「あ、弥生姉ちゃんだ」とぶんぶん振り返してくれた。今日も元気いっぱいだ。

「どこかで遊んでたの？」

「うん、さっきまで友達と公園で遊んでたんだー！　サッカーの練習して、めっちゃうまくなった！」

「そうなんだ、すごいね」

「あっ、俺テレビ見ないと！　バイバイ」

「またね」

それから廉治さんの仕事部屋の机に湯飲みと急須を置いて、お茶を淹れる。

「そういえば、さっきからマオ君がいないね」

「あぁ、マオは夕方、よく猫と遊んでるから。今日も公園かどこかにいるんじゃないか？」

「そっか、それならいいけど」

「さっき、誰かと話してなかったか？」

「うん、お隣の悠人君がいたから、挨拶してたの」

「あぁ、隣の元気なちびっ子か」

「たしか、マオ君と同じ歳なんだよね」

いい機会だし、幼稚園のことを聞いてみようかな。

そう考えていると、廉治さんが先に口を開いた。

「時間があるときでいいんだけど、ちょっと相談したいことがあって」

「なに？」

「マオを幼稚園に通わせようかと思うんだ」

私は思わず手を打ち合わせた。

「私もそれを相談しようと思ってたの！」

そう叫ぶと、廉治さんは不思議そうに瞬きをする。

悠人君が幼稚園に通っているのを見て、マオ君は行かないのか考えていたと話すと、なるほどな、と納得された。

「でも、あやかしって幼稚園に通えるの？」

「大丈夫だよ。戸籍上は、普通に俺の息子ってことになってるからな」

「そうなんだ」

マオ君は廉治さんのことが大好きなんだろうけれど、廉治さんは人気の書道家だから か、毎日仕事に追われて忙しそうだ。仕事が立て込んでいるときは、普通に会話することすら気を使ってしまう。

そんなときマオ君は、廉治さんの部屋の前に寝っ転がって絵を描いたりしている。しゃべれなくても近くにいたいという思いが伝わってきて、なんともいじらしい。

私はできるだけマオ君に話しかけているから、その成果もあり、最近はやっと日常会話くらいはしてくれるようになったけど、まだ表情には硬さが残っている。

やはりマオ君も、ずっと家にいるより、同じ年頃の子供と遊べたほうがいいだろう。

私はさっき悠人君が着ていた制服を思い出す。白いポロシャツに短パン、それに小さなリュックと黄色い帽子。

マオ君もきっと似合うだろうなと想像すると、つい口元が緩んだ。

「園でお友達ができたら、楽しいだろうね。でももうすぐ七月だよ？　年度の途中に入園ってできるのかな？」

「あー、大丈夫大丈夫。この島、いっこしか幼稚園がないんだ。ちなみに小学校と中学校もいっこずつしかない」

そうか、子供の数も少ないから、学校の数も少ないんだ。

「そんで、その幼稚園の園長が知り合いでな。まぁこの島に住んでる人間の顔なんて、ほとんど知ってるけど」

「たしかに。島全体が知り合いって雰囲気で、なにか変わった出来事があったらすぐ島中に伝わるもんね。近所のおばあさんがぎっくり腰になったとか」

「そうそう。そんな感じだから、手続きとか緩いんだ。いつでも来ていいってよ。とりあえず、電話したら体験入園で受け入れてくれるって」

「そうなんだ、それなら安心だね」

廉治さんは落ち着いた様子で頷いた。

「提案しておいて悪いんだけど、ちょっとここ数日忙しくってさ。よかったら、弥生の都合のいいときに、連れていってもらえるか？」

「うん、もちろん！　場所はどこにあるの？」

廉治さんは立ち上がって縁側から島を見下ろし、坂道を指さした。

「ここの坂をずっとまっすぐ下りていくだろ。それから右の道を曲がると、白い建物がある」

「あ、あそこが幼稚園なんだ。分かった」

地図を見るより口頭で説明するほうが早いのが、この島らしい。

「あ、でも……」

「なんだ？」

「マオ君、たまに油断しているときとか、耳と尻尾が猫に戻っちゃうよね」

廉治さんはそうだな、と返事をして続ける。

「まぁそこらへんも含めて、ほかの人間と共同生活するってのも幼稚園に通わせる目的のひとつだ。最初は危ない場面もあるかもしれないけど、毎日行ってるうちにうまく隠せるようになるだろ」

「だ、大丈夫なのかな」

私は大勢の子供の前で猫の耳と尻尾が出てしまったマオ君の姿を想像して、胃がきゅっと痛くなる。

「そもそもマオ君、私と廉治さん以外の人とほとんど話さないでしょう」

廉治さんが人気者なこともあって、買い物に行ったときなど近所のお年寄りはよく話しかけてくれるけれど、マオ君は恥ずかしそうに隠れたりうつむいてしまうことが多い。

「もうちょっと、少しずつ人と慣れる機会を作っていったほうがいいんじゃない？」

そう提案すると、廉治さんはおかしそうに笑った。

「なんだ、弥生はすっかり母親っぽくなってきたな。俺は嬉しいよ」

私はむすっと頬を膨らませる。

「廉治さんが適当すぎるの！」

「まぁなんとかなるって。知り合いがいるから、ある程度はフォローしてくれると思うし」

「そうかなぁ……」

本当に大丈夫だろうか。廉治さんって、大物なのか適当なのか分からないときがあるな。

翌朝もいい天気だった。

廉治さんは今日もお仕事がぎっしり入っているようで、あちこちに電話したり書類を作ったり、バタバタしていて忙しそうだ。

想像だと、書道家の生活ってもっとのらりくらりと、いかにも芸術家っぽいものだと思っていたけれど、廉治さんが特殊なのだろうか。

お昼ご飯のときに三人そろったので、私はマオ君に幼稚園の話を切り出した。

「マオ君、今度幼稚園に遊びに行ってみようか」

するとマオ君は、右手に持っていた小さいフォークをぽろりと机に落としてしまった。

あ、あれ？　てっきり喜ぶと思ったのに。

マオ君は明らかにショックを受けた表情になり、うつむいてしまう。

予想外の反応に、私と廉治さんは顔を見合わせた。

しばらく待っていると、マオ君はきゅっと顔を上げて抗議する。

「それ、誰の策略ですか？　僕とお父さんを引き離そうとしていますか!?」

「策略ってお前な……俺だよ俺、俺が言い出したんだよ」

それを聞いたマオ君は、さらにショックを受けたようだ。

小さな肩をぷるぷるさせながら、力説する。

「僕はお父さんと一緒にいられるほうがいいです！」

力がこもったからか、猫耳と尻尾がぴょこんと現れる。

廉治さんはいつものように余裕のある表情で、マオ君の頭をくしゃくしゃと撫でた。

「無理にとは言わないけど。でも幼稚園に行けば、友達たくさんできるぞ」

「そんなのいりません！」

マオ君って、本当にお父さんっ子だなぁ。でも小さい子って、そんなものかも。私も初めて幼稚園に行ったとき、お母さんと離れたくなくてびゃーびゃー泣いてた気がするもの。

私はマオ君に優しく言った。

「マオ君、ためしに一回だけでも遊びに行ってみようよ」

「だけど……」

「幼稚園に行ったら、色々教えてくれるんだよ。砂場とか、大きな滑り台もあるし」

「砂場……」

あ、ちょっと反応してる。しっかりしていそうに見えても、まだ子供だ。

しかしマオ君は、ぷるぷると首を横に振った。

「い、家でも砂遊び、できます！」

「でも幼稚園だと大きなプールもあるし、遠足とかお泊まり会とかもあるんだよ。きっと楽しいよ」

そう言われたマオ君は、腕を組んで考え込む。真剣なせいか、尻尾がピクピクと揺れていた。

その姿がかわいくて思わず笑ってしまいそうになり、ぎゅっと口を結んだ。

それからマオ君は、真ん丸な瞳で廉治さんを見上げる。

「お父さんは、僕が幼稚園に行ったほうがいいと思いますか？」

「あぁ、幼稚園に行けば立派な大人になれるぞ！」

また適当なことを言って……。

しかし純粋なマオ君はその言葉を信じ、ピッと片手をあげて宣言する。

「分かりました！　僕、お父さんみたいな立派な大人になるために、幼稚園に行ってみます！」

その数日後、私とマオ君は一緒に体験入園に行くことになった。

廉治さんに伝えると、眠そうな顔で畳の上に寝っ転がったまま、ひらひらと手を振ってくる。きっと昨日も仕事で徹夜していたのだろう。

「じゃあ行ってきます」

廉治さんは「おう、頑張ってこい」と言って、また眠りに落ちていく。

マオ君は廉治さんの言葉に、無言で頷いた。

何度も何度も、とにかく尻尾と耳が出ないよう気を付けるんだよと話した。

だが私はマオ君と同じ体質ではないので、それを我慢するのがどのくらい大変なことなのか分からない。彼に無理をさせることにならないといいけれど。

マオ君と手をつないで、ふたりでゆっくりと坂道を下りる。

車が来ると危ないからと言うと、マオ君は素直に手をつないでくれた。この辺りの道は、普段ほとんど車なんて通らないんだけれど。

本当に少しずつだけど、マオ君との距離が近づいていると思う。それが嬉しかった。

初夏の太陽が、ジリジリとアスファルトを照らしている。蝉《せみ》の鳴き声が聞こえて、もうそんな季節かと考えた。

「今日も暑いねぇ。マオ君、喉が渇いたらしっかりお茶を飲んでね」

「はい」

マオ君が歩くたびに肩にさげた水筒から、カラカラと氷がぶつかる音がする。つないだ小さな手も、しっとりと汗をかいている。

私たちが歩いていると、物陰にいた灰色の猫がこちらを見てにゃあ、と鳴いた。

「今日も猫、たくさんいるなぁ。みんな暑くないのかな」

マオ君は猫たちを見ながら言った。

「猫は涼しいところを見つけるのが得意だから、大丈夫です」

たしかに猫が寝そべっている場所に近づくと、ほかのところより気温が低くてひんやりしている。

マオ君がにゃあ、と猫そのものの声で鳴くと、灰色の猫がそれに答えるようににゃお、と返事をする。

私は驚いて問いかけた。

「すごい、マオ君って猫の言葉が分かるの？」

マオ君は少し照れくさそうにほっぺを手で擦る。

「はい……。別にすごくないです。僕も半分猫だし」

「でも猫と話ができるなんて、楽しそうだな。羨ましい」

幼稚園への道を再び歩きだすと、寝そべっていた灰色の猫が起き上がり、マオ君の後ろをついてきた。

「あの猫、ずっとついてくるね」

「僕のこと、見送ってくれるって言ってます」

「え、そうなんだ。友達思いなんだね」

道すがら、退屈そうにしている猫たちにマオ君が声をかけると、その後ろにも、いつの間にか別の猫が並ぶ。

気が付くと、マオ君の後ろに五、六匹の猫がぞろぞろと並んで歩いていた。まるで隊長さんみたいだ。

「マオ君、人気者だね」

「みんな退屈みたいです」

「へぇ」

猫たちの暇つぶしなのかな。ちょっとおもしろいな。

マオ君が幼稚園に到着すると、猫たちは彼を取り囲むように半円の形に座る。

「ありがとう、もう大丈夫です」

そう声をかけると、猫たちは思い思いの方向へ歩いていった。

門の向こうからそれを見ていた男の子が、ぽかんと口を開く。

「すげー」

「あ、悠人君」

見覚えがあると思ったら、喜代さんのところの悠人君だ。

悠人君はしばらくマオ君を取り巻いていた猫たちを凝視していた。

まずい、さっそく怪しまれている。

私は彼の意識をそらすために質問した。

「悠人君、園長先生ってどこにいるか知ってるかな？」

「あぁ、園長先生なら、いつも園長室にいるよ。その子、成瀬先生の子供だろ？」

「うん、そうなの。マオ君っていうんだ。一緒に遊んでくれるかな？」

悠人君は笑顔でうんうんと頷く。

「任せろよ！　今、ブランコで遊んでるんだ。マオも来るか？」

呼びかけられたマオ君は、少し恥ずかしそうに私と悠人君を見比べる。

「遊んできたら？　私、園長先生とお話ししてくるから」

マオ君はこくこくと返事をする。

去り際にマオ君の隣にしゃがみ、こっそり耳打ちした。

「マオ君、耳と尻尾、気を付けてね」

「はい」

そう返事をして、マオ君は悠人君と一緒に走っていった。

ブランコに乗ろうとすると、周囲にいた子供たちもふたりの周りに集まってくる。

悠人君は面倒見がいい性格のようで、みんなにマオ君のことを紹介してくれているようだ。

よかった、すぐにお友達ができそうだ。

私は幼稚園の廊下を歩いた。

幼稚園って、全部の物が小さくてかわいらしい。靴箱の背も低いし、洗面台にある蛇口《じゃぐち》も小ぶりな気がする。

子供が少ないというのは本当らしく、教室もあまりなく、園自体がこぢんまりとした建物のようだ。

職員室の隣に、園長の部屋というプレートがあった。

私はその扉をノックする。

「はい」

扉の中から、澄んだ声音が返ってきた。

「あの、成瀬です。今日から体験入園させてもらうことになった」

そう話すと、中から扉が開かれる。

「はいはい、廉治君から話は聞いていますよ。ようこそようこそ、どうぞお入りください」

私はその男性の顔を見て面食らう。園長先生というから、てっきりおじいちゃんかと思ったけれど、彼は想像よりもずっと若かった。

おそらく三十代半ばくらいだろうか。顔の輪郭《りんかく》はややほっそりとしていて、目尻はしゅっと切れている。鼻筋もすらりと通り、整った顔立ちだった。

手足が長く、モデルのようでもある。廉治さんと同じくらい背が高いけれど、柳の木のようにどこか頼りない。

同時に、教育者らしくないな、なんて思ってしまう。彼からは垢抜《あかぬ》けた、都会的な雰囲気を感じた。

この島に染まっていない人だ。

私もつい最近ここに来たばかりなのに、なんとなくそんな印象を受ける。

「失礼します」

園長室に入った瞬間、部屋の空気がほかとは違うような、肌がピリリとするような違和感があった。

……なんだっけ、この感じ。

困惑しながら、どうぞと言われた椅子に座る。

てっきり園長先生も座ると思ったのに、彼が立ったままだから少し居心地が悪くなる。

園長先生は、私にお茶を淹れてくれた。

「ありがとうございます」

「あなたが弥生さんなんですね。やっと会えました」

「は、はぁ」

いきなり名前で呼ばれて驚いていると、それが伝わったのか、彼は付け加えた。

「いえね、廉治君とは昔からの付き合いなんですよ」

「そうなんですか」

そういえば、園には知り合いがいるから心配するなって言ってたもんな。

「えぇ、だから実はあなたの話は昔からよく聞いていて。廉治君にとって、とても大切な人だとね。だから弥生さんとは、勝手に知り合いのような気持ちになっていました」

廉治さんは、一体どんな話をこの人にしたのだろう。

「私、最近廉治さんに再会したばかりで。だから、まだ色々と実感がなくて……。正直、廉治さんが私のことを大切だって言ってくれるのも、半信半疑みたいな感じなんです。どうして私なんだろうって」

するりとしゃべってしまってから、マオ君の園の先生に話すことではないなと後悔する。けれど園長先生は、特に気にしていない様子だ。

「なるほどなるほど。廉治君は、どうでもいい軽口はいくらでも叩けますが、あれでなかなか照れ屋ですからね。本気で好きな女性には、上手に伝えられないことも多いのでしょう」

園長先生は、廉治さんのことをよく知っているようだ。

「だけど、弥生さんは自信を持っていいんですよ。彼はこの島の守り神としてここにやってきましたが、幼い頃は色々ありまして。当初は、人間を憎んでいましたから」

人間を憎んでいたという言葉に、胸をつかれたような衝撃を受ける。

いつも穏やかに島の人と接する廉治さんとは、かけ離れているように思えた。

「彼は、あなたのおかげで生きる理由を見つけたようなものなんですから」

「人間を憎んでいたって、どういう……」

問いかけると園長先生は、目を糸のように細めてにっこり微笑んだ。

「おっと、あまり余計なことを話しすぎると怒られてしまいます」

つかみどころのない人だ。

「とにかくマオ君のことは、ご心配なさらず。ここだけの話、実は私、狐《きつね》のあやかしなんです」

一瞬言葉に詰まる。

戸惑っていると、園長先生の頭に黄金色の耳、背中に尻尾が現れたのが見えた。

しかし私が瞬きしている間に、それらはすっと消えてしまう。

私は、一口お茶を飲んで落ち着いた。

「あぁ、だからですね。なんだかこの部屋に入ったとき、不思議な感じがしたんです」

「弥生さんは、見える人なんですね」

「はい。でも小さい頃に比べると、ずいぶん見えなくなりました」

「なるほどなるほど」

子供の頃は、どこかへ行くたびにしょっちゅうあやかしの姿を見ていた気がする。最近では、意識して見ようとしない限り、気づかないことも多い。

「そういうわけで、できる限りフォローしますので」

私はほっとしてまたお茶を飲んだ。

「助かります。マオ君、普段は大丈夫なんですけど、なにかに熱中すると猫の耳とか尻尾が出ちゃうことがあって」

「なるほどなるほど。今日のところは、自由にお友達と遊んでいってください。最後までいてもいいですし、途中で帰りたくなったら、先生に声をかけて帰っても大丈夫ですから」

「分かりました。ありがとうございます」

彼にお礼を言い、園長室から出て、廊下を歩きながら考える。

なるほど、狐か。たしかにそれっぽい雰囲気がある。

ひょっとしてこの島には、園長先生のほかにもあやかしが住んでいるのだろうか。

今度廉治さんに聞いてみよう。

それから私はマオ君の様子を見に行くことにした。

今は休み時間のようだ。子供たちは園庭で鬼ごっこをしたり、滑り台を使ったりして遊んでいた。

私はマオ君の姿を探す。

すると彼は高さ二メートルくらいのところにある、うんていを支える細い鉄の棒の上を、するりするりと歩いていた。

「マオ君すっごーい！」

周りに小さな人集《ひとだか》りができて、子供たちはキラキラした眼差しでマオ君のことを賞賛している。

私はぎょっとした。

いや、たしかにすごいんだけど！　すごいんだけど、一般的な幼稚園児はなかなかあんなことはできない。正体がバレてしまいそうで心配だ。

私がハラハラしていると、若い女性の先生が焦った様子でマオ君に駆け寄った。

「マオ君、そこは危ないから渡っちゃダメよ！　下りようね」

マオ君は鉄の棒の上に腰かけ、きょとんとしている。彼は人間の子供より身軽で、運動神経がいい。二階くらいの高さからなら平気で飛び降りられるし木登りだってできるので、危ないなんて考えたこともなかったのだろう。

マオ君は先生に抱きかかえられて、地上に下りる。

「マオ君、落ちたら大変だから、ここはもう歩いちゃダメよ」

先生に注意され、マオ君はそれが一般的な子供の行動でないことを理解したのだろう。反論することなく、素直に頭を下げた。

「分かりました。ごめんなさい、もうしません」

それを聞き、先生はほっとしたようだ。

「みんなも真似しないようにねー」

そう注意されると、周囲の子供たちも素直に「はーい」と返事をする。

そして別の場所で遊ぼうと言いながら、マオ君に「でも、すごかったね」「かっこいいね」と声をかけた。

その様子を見て、少しほっとした。

マオ君は、周囲の子たちに合わせようとしている。またちょっと変わった行動をするかもしれないけれど、マオ君は賢い子だ。じきに慣れるだろう。

楽しそうに遊んでいるし、連れてきて正解だったかも。

「なぁ、弥生姉ちゃん」

いつの間にか、私の横に悠人君が立っていた。ちっとも気づかなかったので、大げさに驚いてしまう。

「わぁ、びっくりしちゃった！　悠人君、お友達と遊ばないの？」

悠人君は、腕を組んで考え込むような顔をしていた。

「遊ぶけど。マオって、なんか俺たちと違くないか？」

私はぎくっとしてすぐに否定した。

「全然、そんなことないよ？　なんで!?」

「ふーん」

悠人君は納得のいかない声で返事をして、子供たちの輪の中に走っていった。

……なんだか悠人君、マオ君のことを怪しんでるみたいだな。園に来たときも、猫たちを率いているのを見られちゃったしなぁ。

疑惑を晴らしたいけれど、子供たちが遊んでいるところに大人が口出しするのも野暮だし。

大丈夫かな……。

しばらくハラハラしていたけれど、マオ君は相変わらず楽しそうだし、先生にも『お迎えの時間まで帰宅しても大丈夫です』と言われたので、園の外へ出た。

家に帰っても落ち着かず、そわそわしているうちに、やがて降園の時間になった。

私はもう一度、園までマオ君を迎えに行く。

教室まで行くと、窓ガラス越しにこちらに気づいたマオ君は、にこりと微笑んだ。

やっぱり笑うと天使のようにかわいらしい。

子供たちは賑やかな様子で、教室の椅子に座っている。

門から、保護者がちらほらやってくるのが見えた。どうやら迎えの親が到着したら、先生に名前を呼ばれた子から引き渡されて帰宅するみたいだ。

私は先生に挨拶し、マオ君に帰ろうと声をかける。

マオ君は先生に礼儀正しくお辞儀をした。

「また来てね、マオ君。今日は楽しかった？」

「はいっ、とっても楽しかったです！」

先生は優しくマオ君を見送ってくれる。

どうやらマオ君は今日一日で人気者になったらしく、子供たちがマオ君に手を振り、「また遊ぼうね」と声をかけてくれた。私はほっとしてマオ君と手をつなぐ。

「お友達、たくさんできたね」

マオ君は満面の笑みを浮かべる。

「はいっ！　みんなといっぱい遊びました！　幼稚園、また来たいです！」

よかった。危なっかしいところもあったし、心配だったけれど、最初は嫌がっていたマオ君がこんな風に笑ってくれるなら、来てよかった。

「廉治さんに正式な手続きをしてもらえば、すぐに通えるようになるよ。おうちで今日のことを話して、頼んでみよう」

「はいっ！」

園庭を歩いていると、門の辺りで女の人が元気よく手を振っているのが見えた。

「おーい、弥生ちゃーん！」

「あ、喜代さんだ」

私たちは喜代さんのほうへ歩いていく。

「弥生ちゃん、今日体験入園だって言ってたものね！　どうだった？」

「はい、悠人君もみんなも、仲良くしてくれて」

「そうなんだ、それはよかったわぁ！」

私と喜代さんが話していると、周囲にお母さんらしき人たちが数人集まってくる。

「ねぇねぇ、喜代さん、もしかして、そちら成瀬先生のお嫁さん？」

「えぇ、そうよ」

喜代さんの言葉を聞き、周囲が騒がしくなる。

「あら、やっぱり！　そうだと思ってたのよ！」

どうやらみんな、私の存在が気になっていたらしい。

喜代さんが私を彼女たちに紹介してくれる。

「弥生ちゃんよ。優しくしてあげてね」

「どういうきっかけで成瀬先生と知り合ったの？」

「それ、私も聞きたいと思ってたのよ！」

「えぇと……」

いつの間にか、井戸端会議が始まってしまった。

お年寄りだけでなく、廉治さんは島の奥さんたちにも大人気のようだ。まぁ、あのビジュアルだから当然なのかも。

こういう場はあまり得意じゃないけれど、私が話の中心になっている以上、抜けづらい空気だ。

軽く挨拶をして帰れないかなと思ったが、盛り上がったお母さんたちの話題はなかなか途切れない。

「成瀬先生はかっこよくていいわよねぇ。うちの旦那なんか、結婚してからどんどん太り続けてるのよー」

「でも優しそうじゃない。それに家事も手伝ってくれるんでしょ？」

「そうねぇ、そこはいいところなんだけど。最近、夫がよく料理するのよ」

「あらぁ、助かるじゃない」

「違うの、困ったことがあるのよ！」

ひとつ話題が終わると、すぐに別の話題に移行していく。

じっと隣で待っていたマオ君はやがて退屈になったのか、私の手をするりと離し、園庭の端っこに歩いていく。

不思議に思って行き先を目で辿ると、蝶々《ちょうちょ》がヒラヒラと飛んでいた。

マオ君、蝶々が気になるのかな。まぁ園の中で遊ぶのなら、大丈夫だよね。でも、早く切り上げないと。

私は周囲の人にひたすら相槌《あいづち》を打っていた。

「弥生ちゃんはどう思う？」

話を振られ、曖昧《あいまい》に返事をする。

「え？　そうですねぇ」

やっぱり抜けにくい雰囲気だ。

そのとき、信じられない光景が目に入る。

マオ君は蝶々に見とれたせいか、うっかり猫の耳と尻尾が出てしまっていた。

マオ君っ！

私はぎょっとして、彼のことを呼ぼうとした。

しかしすんでのところで踏みとどまり、ぎゅっと唇を結ぶ。

ダメだ。今、声をかけると、ほかの人にも見られてしまう。

私はさりげなく周囲を探った。

幸いマオ君がいるのは、園庭の端だ。建物の壁の陰になって、覗き込まなければ姿は見えにくい。

しかし園の周囲には、まだまだ人がたくさんいる。

どうしよう、誰かに見られたら。

私は内心大混乱しながら、どうすればいいのかを考える。

「弥生ちゃん、どうしたの？　顔色悪いよ」

喜代さんが心配そうに私に声をかけてくれた。

「平気です。ちょっと疲れちゃっただけで……」

「そうなの、大丈夫？　具合が悪いみたいだし、そろそろ解散しましょうか」

まずい！　せめてここにいる人たちの注意は、こっちに引きつけないと！

私は頭が真っ白になりながら、適当なことを口走った。

「あ、あの、みなさん今日の夕飯は、なにを作りますかっ！」

突然の質問に一瞬面食らった顔をされたけれど、みんな思い思いのことを口にする。

「そうねぇ、今日はカレーかしら」

「いいわね。うちもカレーにしようかしら」

「でもカレーだと、大人用の辛いのと子供用の甘いのを作らないといけないでしょう？」

「そうそう、それが面倒なのよね」

よかった、とりあえず周囲の人たちの注意を引けたみたいだ。

ほっとした瞬間だった。

悠人君が鋭く叫ぶ声が、園庭に響く。

「化け物だっ！」

そう叫ばれたマオ君は、はっとして猫の耳と尻尾を引っ込める。

さっきまで教室にいたはずの悠人君が、いつの間にかマオ君のすぐ後ろに立っていた。

悠人君に見られたんだ！

私は真っ青になりながら、ふたりのもとへと駆け寄る。

「あの、悠人君……！」

化け物というのがマオ君のことを言っているのだと理解した喜代さんは、厳しい声で悠人君を叱った。

「そんなわけないでしょ！　悠人、どうしてそんなこと言うの！」

怒られた悠人君は、むっとした顔でマオ君をにらむ。

「だってあいつ、今尻尾が生えてたもん！」

「なにバカなこと言ってるの！　悠人、マオ君に謝りなさいっ！」

「俺悪くないもん！　そいつ、今絶対尻尾があった！　やっぱり人間じゃないんだよ！」

喜代さんは申し訳なさそうな表情で頭を下げる。

「変なこと言い出して、ごめんね弥生ちゃん。マオ君もごめんね」

「いえ……」

悠人君は悪くない。彼は、見たままのことを口にしただけだ。

悪いのは私だ。もっとしっかりマオ君のことを、見ていないといけなかったのに。

マオ君はうろたえた様子でぎゅっと手を握りしめ、それからひとりで園の外へと走っていってしまう。

「マオ君っ！」

周囲のお母さんたちも、心配そうにこちらを見守っている。

「ごめんなさい、私、マオ君を追いかけるので！」

喜代さんは私についてこようとする。

「あたしも一緒に行くわ！」

しかし、喜代さんの足に悠人君がしがみついて止める。

「俺は嘘なんかついてないっ！」

私は喜代さんに頭を下げた。

「あの、本当に気にしないで。それに、悠人君のことも叱らないであげてください。ごめんなさい、また後で連絡します！」

そう言ってから、私はすぐにマオ君を追いかける。

「マオ君っ！」

マオ君は一瞬こちらを振り返ったが、狭い脇道を通り、草むらの茂みの中へ姿を消してしまう。

「待って、マオ君！」

子供だからすぐ追いつけるかと思ったけれど、マオ君は小さくて、おまけに猫のようにどんな道でも通れてしまう。

私も彼と同じように茂みの中を抜けようとしたが、さすがに大人が入れる場所ではなく、すぐに姿を見失ってしまった。

「えっと、この道、どこにつながっているんだっけ……」

私はまだこの島の地理を完全に把握していない。子供の頃はあちこち走り回っていたけれど、さすがに十年以上経って、周りの景色も変わってしまった。

とはいえ狭い島だ。一時間あれば島を一周できてしまう。

だからすぐに見つかると思ったのに、探しても探してもマオ君の姿はどこにも見当たらない。

焦っているうちに、時間ばかりが経過していく。

「どうしよう……」

おまけに空もだんだん曇ってきた。弱り目に祟《たた》り目だ。

もしかしたら、もう帰っているかもしれない。

そう考え、私は一度家まで戻る。しかし、やはり玄関にマオ君の靴はない。

私は廉治さんの仕事部屋に飛び込んだ。

「廉治さん、マオ君、帰ってる!?」

「いや、いないけど……」

ただならぬ様子を感じ取ったのか、いつものように毛筆を握っていた廉治さんは、仕事を中断して立ち上がり、私の肩を支えて問う。

「どうしたんだ、弥生。顔が真っ青だぞ」

「マオ君が、いなくなっちゃったの！」

「いなくなったって……島のどこかにはいるんだろ？」

「そうだけど……。幼稚園で、猫の耳と尻尾を、お隣の悠人君に見られちゃって。それで、化け物って言われて、逃げ出したの」

涙が出そうになり、目蓋をごしごし擦る。

「私がちゃんと見ていなかったから！　どうしよう、マオ君になにかあったら私のせいだよ！」

不安で目の前が真っ暗になっていた私を、力強い腕がぎゅっと抱きしめた。

「あ、あの……」

廉治さんの大きな手が、私の背中を優しく撫でる。

彼の着物からふわりと墨の香りが広がって、すとんと心が落ち着いた。

「大丈夫だ、弥生のせいじゃない」

「……うん」

「悪いって言うなら、弥生に任せっきりにしてた俺のせいだよ」

「そんなことないよ」

「俺も一緒に探すから。そんなに心配するな。大丈夫だ、マオは賢いから危ない目になんてあってないさ」

「ありがとう」

廉治さんに話を聞いてもらい、さっきよりずいぶん冷静になった気がする。

私と廉治さんは二手に分かれて、マオ君を探すことにした。

「じゃあ俺は、島の東から探していくから」

「うん、じゃあ私は反対のほうから回ってみる！」

この島は狭い。だけど、建物は入り組んでいて、細い坂道が間を縫うようにつながっているので、迷路のようでもある。

マオ君、マオ君、どこにいるの。

私は坂道を走りながら、近くを歩いている人たちに声をかけた。

「あの、すみません、マオ君見ませんでしたか!?」

おじいさんは、のんびりした声で答える。

「あぁ、あんた成瀬先生のところの。どうかしたんか？」

「マオ君が、いなくなっちゃって……」

「おや、大変だねぇ。でも見てないなぁ。大丈夫、すぐに見つかるよ」

「ありがとうございます！」

何人かの人に声をかけていると、ひとりのおじいさんが坂の上を指さした。

「あっちに寂《さび》れた公園があるじゃろ。ちょっと前、あそこに走っていくのが見えたぞ」

私はおじいさんにお礼を言って、公園に向かって必死に走る。

「マオ君、マオ君！」

公園に向かっている途中で、ぽつぽつと弱い雨が降りだした。

空を見上げると、真っ黒な雲が広がっていた。

「雨が降ってきちゃった。早く見つけてあげないと」

私は公園に飛び込み、周囲を見渡した。

この島には公園がいくつかあるけれど、島の中心に新しくて遊具がたくさんの公園があるので、子供たちはたいていそこで遊んでいる。マオ君も、いつもそこへ行っていた。だから島の端にある、この寂れた公園は盲点だった。私も中に入ったことはない。

「マオ君、いるの？」

公園はしんと静まり返っている。

もういないのかな……。

念のため公園を一周しようとすると、筒状になった滑り台の中から、小さな靴が見えた。

「マオ君！」

そう叫んで近づくと、滑り台の中で膝小僧を抱えたマオ君が座っていた。私の声を聞き、びくっと小さな肩を震わせる。瞳に涙をためて、悲しげな顔をしていた。

「よかった、見つかってよかったぁ……」

私はその場にへなへなとしゃがみ込む。

「心配したんだよ。それに、廉治さんもマオ君を探してる」

「お父さんもですか……？」

「そうだよ。雨も降ってきちゃったし、とりあえずおうちに帰ろう？」

そう言って手を伸ばすけれど、マオ君は首を横に振る。

「嫌です」

小さな声だったけれど、そこに込められた意思は固いようだった。

「えっと……とりあえず、廉治さんに連絡しておくね」

私はスマホで廉治さんにメッセージを送り、坂の上の公園でマオ君を発見したことを伝える。喜代さんからもメッセージが入っていたので、彼女にも無事にマオ君が見つかったことを報告した。

「帰ろう、マオ君」

しかしマオ君は膝を抱えて、滑り台の中から動こうとしない。

「……僕、ダメな子なんです。人の前で、尻尾と耳が出ちゃったから」

「仕方ないよ。完全に隠すの、難しいんでしょう？　マオ君はまだ小さいんだもの。私がもっと注意していればよかったんだよ」

「でも、ダメなんです！」

そう言いながら膝に顔をうずめるマオ君を見ると、胸が痛くなった。

「化け物だって言われたの、つらかったよね。マオ君の気持ち、分かるよ」

「……嘘です。弥生は普通の人間だから、分かりません」

マオ君はキッとこちらをにらみつける。

「嘘つきは嫌いですっ！」

どう言えば、マオ君に伝わるだろう。

考えながら彼を眺めていると、マオ君の膝に血が滲んでいるのに気づいた。

「膝、擦りむいてる。転んじゃったの？ 痛かったでしょう？」

私が触れようとすると、マオ君は後ろに下がってその手を払い除けようとした。

「さわらないでください！」

「でも……」

「弥生には分かりません。弥生は人間だから！ 僕の気持ちなんて、分かりません！

もうほっといてください！」

「ねぇマオ君、見てて」

私は一度深呼吸をして、息を整えた。それから、マオ君の膝の近くにそっと手の平を寄せる。

手の平に淡い光が集まり、マオ君のケガは一瞬で治った。

……よかった。

この力を使うのは久しぶりだから、鈍っているかもしれないと思ったけれど、成功したようだ。

マオ君は目を真ん丸にして、私の顔をじっと見上げる。

私は曖昧に微笑んだ。

また拒絶されてしまうだろうか。

昔から、誰かに最初にこの力を見せるときは、いつも緊張で手が震えそうになる。

友達だった子に言われた〝気持ち悪い〟という言葉が、よみがえりそうになるからだ。

「私ね、人のケガを治せるの。平凡な私の、特別な力。だから……私も昔ね、〝化け物〟とか〝気持ち悪い〟とか、よく言われたんだ。自分では、みんなと同じだと思ってるんだけどね」

「……弥生も、ひとりでしたか？」

「うん、そうだね。なかなか友達もできなかったな。だからこの島に来て、廉治さんに初めて会ったとき、受け入れてもらえて、すごく嬉しかったの。私じゃ、マオ君の気持ちを全部分かることはできないかもしれないけど、分かりたいって思ってるよ」

マオ君は、数秒硬直していた。

じっと待っていると、マオ君は消えそうな声でつぶやいた。

「……さい」

「え？」

マオ君の瞳から、ポロポロと透明な雫《しずく》がこぼれる。

「ごめんなさい、ずっと弥生にひどいことを言って。ごめんなさい、ごめんなさい」

マオ君は何度も謝りながら、大声で泣く。

きっと私のことだけでなく、今までのいろんなことが積み重なった涙だったのだろう。

私は小さな身体をぎゅっと抱きしめて、マオ君が落ち着くまで彼の頭を撫でていた。


それから私たちは公園のベンチに移動した。

頼りないものだけど一応屋根があるから、ここなら少しだけ雨をしのげる。

しばらく座って待っていればやむかと思ったけれど、雨はさらにひどくなっていく。

「雨、強くなっちゃったね。おうちに帰ったら、すぐお風呂に入ろうね」

隣に並んで座ったマオ君は、先ほどよりひどくなった雨をじっと見上げる。

「ねぇ、よかったらマオ君のこと、私にもっと教えてくれるかな？」

すると彼は、ぽつぽつ話し始めた。

「……僕がまだ、この島に住んでいなかった頃のことです」

「マオ君って、ずっとこの島に住んでいるんじゃないの？」

そうたずねると、彼はふるふると首を横に振る。

「前は、この島じゃない、もっと人が多い場所にいました。本土、です。そこで僕は、お父さんに拾われたんです」

聞いたことのない話に、思わず息をのむ。

拾われた……？　ということは、マオ君は廉治さんの本当の子供じゃないの？

驚いたけれど、私は黙って続きを待った。

「そこで最初、僕はお母さんとふたりで住んでいました。でも、お母さんは死んでしまって」

小さなマオ君の口から、あまりに自然に〝死〟という言葉が出たので、どう反応すればいいか戸惑う。

「そうだったの……」

「はい。それで、お山にいたらお父さんと会ったんです。それからお父さんと僕は、本土で今の家に似た家を借りて、ふたりで暮らしていました」

「うん」

「だけど僕は、お隣に住んでいたおばさんに耳と尻尾を見られてしまって」

マオ君の小さな手に力がこもる。

「化け物って、言われて。……おばさんは僕に石を投げつけて、逃げていきました。

それからおばさんは、近所の人にそれを話して」

私はその出来事を想像し、口元を押さえる。

——なんてひどいことを。

考えただけで、涙がこぼれそうになった。

「信じない人がほとんどだったけど、おばさんは僕を見るたびに、大声で騒いで。家族とか、近所の人に、おかしくなったんじゃないかって、言われて。それが申し訳ないのと、お父さんは僕を心配して、別の場所で暮らそうと言いました。そうして、この島に引っ越してきたんです」

マオ君は息を吐くと、肩を落とした。

「お引っ越し、大変で……僕、お父さんに迷惑ばかりかけてます。だからもう、絶対耳と尻尾を出さないようにしようって思ったのに、僕、ダメな子なんです。また同じ失敗をしちゃいました」

「マオ君はなにも悪くないよ！」

マオ君は膝小僧を抱えて、ベンチの上に小さく縮まる。

「弥生が来たから、お父さんも僕のことがいらなくなったのかもしれません。僕は本当の子じゃないから」

「そんなことないっ！　廉治さんは、マオ君のこと、大切に思ってるよ！」

廉治さんは、誰よりもマオ君を想っている。

他人でも当たり前に分かるようなことでも、形のないものを証明するのは難しい。

マオ君の瞳から、またほろほろと涙があふれる。

「お父さんはおいしいものが好きなのに、僕は役に立てないです。弥生はいろんな料理を作れて、僕は羨ましかったです」

私も廉治さんの家に住み始めたばかりのとき、家事をしなければあの家にいる資格がないのではと考えていた。廉治さんは、ひと言もそんなこと言わなかったのに。

マオ君も私と同じように、ずっと不安だったんだ。どうやって自分の居場所を作ればいいのか、悩んでいたのだ。

「廉治さんがマオ君と一緒にいるのは、役に立つとか立たないとかじゃないよ！」

なんと言ったら、分かってもらえるだろう。私が悩んでいると、「そうだぞ」と落ち着いた声が聞こえた。

正面を向くと、黒い和傘を差した廉治さんが立っていた。

マオ君が弾かれたように顔を上げる。

「お父さんっ！」

「悪い、傘取りに戻ったから、時間がかかっちまった」

廉治さんはマオ君の前に歩いてきて、マオ君を抱きかかえようとする。

いつもだったらマオ君は廉冶さんの胸に飛び込んでいくけれど、今はその場から動こうとしない。

廉冶さんは手を伸ばしてマオ君を抱き寄せ、大きな手の平で彼の頭を撫でる。

「よく聞いてくれ、マオ。俺は今まで、一度もお前がいらないなんて思ったこと、ないからな。それは、これからもずっとだ。俺とマオは、ずっと一緒だ」

「ずっと、ですか……?」

「あぁ。マオがお父さんなんていらなーいって思うまで、そばにいるよ」

「そんなの、思わないです!」

廉冶さんはおかしそうに微笑む。

「そうか。だったらずっと一緒だな。だから、自分がいらないなんて言うな。そんな心配、しなくたっていい」

廉冶さんはもう一度マオ君をぎゅっと抱きしめて言う。

「心配したぞ、マオ」

マオ君はわんわん泣きながら、廉冶さんにしがみついた。

「ごめんなさい、ごめんなさい。お父さん、ごめんなさい!」

「うん、無事でよかった。俺もマオが不安に思ってるのに、気づけなくてごめんな。家に帰ろうか」

マオ君は泣きながらも、その言葉にしっかりと頷いた。

公園を出て歩きだすと、マオ君は色々あって疲れたのか、廉治さんの顔を見て安心したのか、眠そうな様子で歩みが遅くなる。

「マオ、眠いか？　おんぶするか？」

「はい……」

「弥生、マオをおんぶするからちょっと手伝ってくれるか？」

「うん、支えてるね」

マオ君はおんぶされると、すぐに廉治さんの背中でぐっすり眠ってしまった。

安らかな表情で眠るマオ君を見て、ほっとする。

あんなに強かった雨もいつの間にかやんでいた。

なだらかな坂道を歩いていると、遠くで潮が満ち引きする音が聞こえた。

外はすっかり暗くなり、月が私たちを照らしている。

「弥生、ありがとうな。マオを探してくれて」

「ううん、むしろ私がもっとマオ君をちゃんと見ていられたら、こんなことにならなかったのに」

「だから弥生は悪くないって。俺が弥生に任せっきりにしすぎたんだ。弥生はこの島に来たばかりで不安だったのに。ごめんな」

「い、いえ、私のほうこそ……」

互いに謝り合って、それから視線が重なり、ふたりで微笑み合う。

「今日は弥生も疲れただろ？　夕飯、外になにか食べに行くか？　出前でもいいぞ。まぁこの島でやってる店は、限られるけど」

「ううん、大丈夫！　むしろ、作ってみたいものがあるから！」

「そうか？」

「うん！」

マオ君、自分はお手伝いができないって気にしてたから。

私はある作戦が思い浮かび、わくわくした。


家に帰ってしばらくして、子供部屋の布団に寝かせたマオ君の肩をとんとんと叩く。

まだ半分寝ぼけているマオ君の耳元で、私はささやいた。

「マオ君、おはようございます」

「ん……おはようございます」

私はマオ君の頭を撫でながら言う。

「雨で濡れちゃったし、このままだと風邪引いちゃうから、先にお風呂に入ろうか」

マオ君はまだ眠いのか、ふわふわした口調で言う。

「弥生も一緒に入りますか?」

「うん、じゃあ一緒に入ろう」

そう答えると、マオ君は幸せそうにふにゃりと微笑む。

すると背後から廉治さんの声が飛んできた。

「えー、弥生とマオ一緒に風呂入んの!? いいなー、お父さんも一緒に入ろっかなー」

「お父さんも一緒に入りますか?」

マオ君はわくわくしているけれど、私はピシャリと否定した。

「入りませんっ!」

「えー」

廉治さんは残念そうに口を尖《とが》らせる。

それから私はマオ君とふたりで湯船に浸かる。

マオ君はお風呂に浮かべたタオルで風船を作っていた。

懐かしいな、これ私も子供の頃やってた。

私はマオ君に話しかける。

「ねぇねぇマオ君、お手伝いしてもらいたいことがあるんだけど、できそうかな?」

それを聞いたマオ君は、ピッと右手をあげる。

「や、やる！　お手伝い、やりたいです！」

勢いよくそう言ったからか、また猫耳と尻尾が現れる。

「あ……」

マオ君はしゅんとするけど、私は彼の背中をぽんと叩いた。

「大丈夫よ。うちには私と廉治さんしかいないんだから、全然気にしなくていいの。じゃあ、お風呂から出たらお手伝い、お願いね」

「はい！」

今までこの家に住まわせてもらってるから、家事は全部私ひとりでやるべきだと思っていた。

だけどマオ君が挑戦したいなら、できるときはふたりでご飯を作ろう。

誰がなにをすべきとか、そういうことじゃない。家族なんだから、互いに助け合えばいいんだ。

「マオ君、お手伝いお願いします」

「はい！」

私とマオ君は、ふたりで台所に移動し、エプロンをつけた。

「なにをお手伝いすればいいですか？」

マオ君は張り切った様子で私の指示を待つ。

「まず、野菜をみじん切りにします！」

私はトントンとキャベツとニラを刻んでいく。

マオ君も切るのに挑戦したけれど、包丁に慣れていないので手つきが危なっかしい。

「なかなか小さく切れません……」

「上手上手。手はね、猫さんの手にするんだよ」

野菜をボウルに移し、挽肉《ひきにく》と調味料を混ぜる。

私はマオ君に、味噌をスプーンですくって中に入れるように言う。

「それはね、隠し味です」

「隠し味……ですか？」

「そう。ほんのちょっとだけ入れると、おいしくなるけど秘密なんだよ」

「秘密ですか！」

マオ君は楽しそうに目を細める。

「次は、野菜と肉を混ぜます」

「それなら僕もできます！」

「うん、じゃあマオ君に任せます。あとね、もうひとつ特別な隠し味。なんでしょう？」

マオ君は真剣に考える。

「えっと、お砂糖と醤油と塩は入れたから……ソースですか？」

「あのね、おいしくなぁれって言いながら作るんだよ。料理は愛情を入れるとおいしくなるんだって！」

マオ君は、真ん丸な瞳でじっと私を見つめる。

なんだか純粋な目で見られると、恥ずかしくなってきた。なに言ってるんだこいつって思ったかな。

しかしマオ君は感心したように「なるほど」と言って、何度も「おいしくなぁれ」と唱えながら、小さな手に力を込めて精いっぱい挽肉を混ぜてくれた。素直ないい子だ。

「あとは皮に包んで焼くだけだよー」

マオ君は皮に具を入れて折り目をつけるのに、試行錯誤している。

「僕、上手に包めません。破れちゃいました」

「いいんだよ、最初は上手にできなくたって。私だって、そんなに上手じゃないし。でも次のときはきっと、もっと上手に包めるようになってるよ」

私たちの様子が気になるらしい廉治さんが、後ろから覗き込んでくる。

「今日は餃子《ギョーザ》か。楽しそうなことしてるな」

マオ君は満面の笑みで廉治さんに振り向く。

「お父さんも一緒に作りますか？」

「お、じゃあやろうかな」

廉治さんも隣に並び、皮に具を入れて包もうとする。しかし……。

「廉治さんの餃子、形が芸術的だね」

「お父さんの餃子、かっこいいです！　ロボットのお顔みたいです！」

廉治さんは手先は器用なほうだと思うのに、料理をすると必ず失敗するのが謎だ。

彼は大きく口を開けてケラケラと笑った。

「俺は料理ができないと言っただろ！　大丈夫、腹に入ってしまえばみんな一緒だ！」

おおらかというか、適当というか。

その言葉を聞いてマオ君が元気になったから、よしとしよう。

焼き上がった餃子を大きなお皿にのせる頃には、みんなお腹がぺこぺこになっていた。

食卓に料理を運び、三人で手を合わせる。

マオ君は廉治さんに、自分の作った餃子がどれかを教えた。

「お父さん、これ、僕が作りました！」

「お、じゃあその餃子、俺が食べてみよ」

マオ君は自分もお腹が空いているはずなのに、緊張した面持ちでそれを見守る。

「お父さん、おいしいですか？」

廉治さんは難しい顔で目を細め、一瞬動きを止める。

マオ君が不安そうにぎゅっと手を握りしめる。

「うん、めちゃくちゃうめー！　さすが俺の息子だ！」

廉治さんが大げさにそう伝えると、マオ君はきゃっきゃと微笑んだ。

その光景を見て、なんだか幸せだなと頬がほころぶ。


食事が終わり、テーブルを片付けてお皿を洗おうとすると、廉治さんは私の持っていたお皿をひょいと取り上げた。

「あれ？」

「俺が洗うよ」

「え、でも悪いよ」

「なんで。なにも悪くないだろ。三人で暮らしてるんだから、俺だってできることはやるよ。だから俺にもちゃんと、手伝ってほしいこと教えてくれ。今日は俺が洗うから」

「……うん」

そう言ってくれたので、皿洗いを廉治さんに任せることにした。

やがてマオ君も眠り、私もそろそろ寝ようかなと考えていると、廉治さんに呼び止められる。

「マオはもう寝たのか？」

「うん。色々あって疲れたんだろうね。布団に入ったら、すぐに寝ちゃった」

それを聞いた廉治さんは、私を仕事部屋に呼んだ。

「マオの話、しようか」

私は少し緊張しながら、彼の言葉に頷く。

廉治さんの部屋は相変わらず静謐《せいひつ》とした空気が流れていて、墨の香りが漂っている。

部屋全体に廉治さんの存在を感じられて、ここに来るととても落ち着く。

私と廉治さんは、畳の上に向かい合って座った。

「だいたいの話は、マオから聞いたよな？」

「うん。あの……。廉治さんが話したくなければ、聞かないけど」

そう前置きすると、廉治さんは即座に否定する。

「そんなわけないだろ。弥生は俺と結婚するんだから。弥生に隠すことなんか、なにもないよ」

「うん」

廉冶さんと結婚。

まだちっとも実感は湧かないけれど、この前までは戸惑いしかなかった言葉を、少し嬉しいと思えた。

「マオ君のお母さんは？」

「マオの母親は、もういない。俺はこの島に来る前、四国にいたんだ。そこでマオと出会った」

本土にいた頃の廉冶さんは、今よりさらに仕事が忙しかったらしい。一日中仕事に追われ、たまの息抜きに近くの山を散歩していたそうだ。

特に人がいない時間を好んで、日の出前に山を歩くことが多かった。山の頂上で日の出を見るのを楽しみにしていたようだ。

「山っていっても、ほんの小さなところでな。いつものように、朝陽を見るために俺は山道を歩いていたんだ。その日も周囲に人気《ひとけ》はなく、しんと静まり返っていた。少し霧が出て、目の前が白く霞《かす》んで見えた」

私はまだ薄暗い山の風景を思い浮かべた。

「そうしたらどこかから、えーんえーんと、子供の泣き声が聞こえてきて、山道の途中でしゃがみ込んでいる子供を見つけたんだ。一目で人間の子じゃないと分かったよ。まぁ猫の耳と尻尾もあったし、雰囲気も異様だったし。なにより、人間の子供があんな山の中で、ひとりでいるわけないからな」

「うん」

「よくよく見ると、その子供のそばには、痩せ細った大きな猫が倒れていた。猫、いや、正確に言うと猫又だな。マオの母親は猫又だった」

「猫又……って、あやかしだよね」

「そうだ。長生きした猫は、尻尾が二股に分かれ、人間に化けられるようになる。詳しい経緯は俺も知らないが、マオは猫又の母親から生まれたんだ。父親のことは、俺も分からない」

　私も幼い頃、一度だけ人間に化けている猫又を見た記憶がある。見た目は人間そっくりだったけれど、やはり人とは違う、独特の空気を持っていた。

「その猫又は、どうして死んでしまったの？」

「もともと、歳をとって弱っていたんだ。目も悪くなって、ほとんど視力がなくなっていたみたいでな。おそらく車に轢かれたのか、ほかの動物にやられたのか」

　廉治さんの声は落ち着いていた。それが余計に悲しい気がする。

「マオがどうしても母親のもとを離れようとしないから、お前がそんなに泣いてたんじゃ、お母さんも成仏できないって話したんだ。俺は神だから。母親の魂を、上に送り届けてやった」

「……うん」

「そうしたら、安心したみたいでな。お前はこれからどうするんだって聞いたら、分からないって言う。俺と一緒に来るかと聞いたら、虚《うつ》ろな目をしてたけど、それでも頷いた。その日から、マオは俺の子供になったんだ」

「そう、だったんだ……」

マオ君がお母さんにすがりついて泣いている光景を思い浮かべると、胸がぎゅっと締めつけられた。

たったひとりの母親が死んでしまって、取り残されて。今でも小さいのに、さらに幼かったマオ君は、どれだけ不安だっただろう。どれだけ悲しかっただろう。

そんな様子を見かねてマオ君を引き取った廉冶さんの気持ちは、よく分かった。

「最初は、マオが望むならほかの猫又やあやかしに預けようかとも思ったんだ。マオも、俺の家に来たばかりの頃は全然笑ったりしゃべったりしなくてな。でも、一緒にいるうちに懐いてくれるようになって。……そうなると、もうどこか別のところへなんて、考えられなくなった」

そう話す廉冶さんは、たしかにお父さんの顔をしていた。

「廉治さんが子供を育てるって、なんだか意外だね」

そう言うと、彼はふっと顔をほころばせる。

「俺も、似合わねーとは思うけどよ。マオがなんだか昔の自分に似てる気がして、放っておけなくてな」

昔の廉治さんって、どんな感じだったんだろう。子供の頃は一緒に遊んだけれど、その後の廉治さんのことを、私はなにも知らない。

園長先生は、廉治さんは昔人間のことを憎んでいたと言っていた。

彼の過去を知りたい。けれど、無理矢理聞き出さずとも、きっといつか教えてもらえるだろう。

それに昔のことを知るより、一緒に過ごす明日のほうが大切だ。

「それでしばらくは本土でふたりで暮らしてたんだが、近所の人間に、マオの耳と尻尾を見られてな。騒ぎになったから、この島に帰ってきたんだ。どうせ弥生を迎えに行ったら、この島で暮らすつもりだったし、ちょうどよかった」

「そうだったんだ。てっきり隠し子とか、愛人の子とか、そういうあれかなって、ちょっと思ってたから。全然違ったね。安心しちゃった」

それを聞いた廉治さんは、呆《あき》れたように息をつく。

「隠し子って……お前は俺をなんだと思ってるんだ」

「だって……！」

廉治さんは私の頬に手をかけ、目を細める。

「俺の嫁はお前だけだって言っただろ？」

その響きが甘くて、いたたまれなくなる。

「れ、廉治さんの言葉って、なんだか信じられなくて」

「俺の言葉が信じられない？　傷つくな！」

「ち、違くて！　廉治さんって、かっこいいから」

「かっこいいとどうして信じられないんだ？」

「かっこいい人って、いろんな人に好きだって言われるでしょう。廉治さんだって、いろんな人に好きだって言われたでしょう」

「あぁ、言われたな」

そこは素直に肯定するんだ。

「ほら！」

廉治さんは当たり前のことのように、きっぱりと言い切る。

「でもそんなの、関係ないだろ。俺には弥生だけだよ」

そう言ってきゅっと抱きしめられて、耳まで熱くなる。

すぐ近くで視線がぶつかると、よりいっそう胸が苦しくなった。

廉治さんが、私のことを想ってくれているのは伝わる。でも、やっぱりまだ心のどこかで信じきれない。

それは廉治さんのせいじゃない。私に自信がないからだ。

私たちは幼い頃に一緒に遊んだだけ。私には、素敵な男性に成長した彼に愛される理由があるとは思えない。

廉治さんは、本当に私のことを好きなんだろうか。一体私のどこを好きなんだろう。聞かなくてはいけないと思うけれど、つい臆病になってしまう。

「弥生」

廉治さんの声が耳元で響いて、身動きが取れなくなる。彼の唇が近づいてきて、ぎゅっと目を瞑った。

キスされる……！

そう思って身構えたけれど、彼は私の目蓋に優しく唇を落とした。

「え？」

まるで羽根のように軽く、目蓋に触れただけ。

意外だった。安心したけれど、ちょっと残念だったような。

廉治さんはぽかんとしている私がおかしかったのか、ぽんぽんと頭を撫でた。

「本当なら、今すぐにでも押し倒したいけど」

「押しっ……！」

私がさらに顔を赤くすると、廉治さんはにやりと口角を上げる。

どう考えてもからかわれている。

「順序を追って、だっけ？　今日は仕方ないから、ここまでな。偉いだろ？」

「う、うん？」

「これならひっぱたかれずに済むか？」

「……なんだかそうやって言われると、私ってすごく乱暴者みたい」

そう言うと、廉治さんは声をたてて笑った。

「じゃあ、私も抱きしめる」

廉治さんの背中に手を回し、ぎゅっと彼に寄り添う。

彼の心臓の鼓動が伝わってきて、なんだかすごく安心した。マオ君が廉治さんに抱きしめられるのが大好きなのが分かる。

私が廉治さんの胸に顔をうずめていると、廉治さんは私の身体を引き剥がした。

「あれ、もう終わり？」

そうたずねると、廉治さんは眉を寄せて髪をかき上げる。

「あのなぁ、俺だってなんなら弥生をずっと抱きしめて、そのまま何十時間もいたいところだけど」

「そ、そんなに!?」

「あんまりかわいいことを言われると、抑えがきかなくなりそうだから、俺も我慢してるんだよ」

彼の言葉の意味を理解して、また顔が熱くなる。

「そ、そうですか……」

どうしたらいいのか分からず、部屋から出ようとする私を、廉治さんが引き止めた。

「弥生、今日は一緒に寝ようか」

「えっ!?　で、でも」

廉治さんはニコニコと微笑む。いい笑顔すぎて、なんだか怖い。

「大丈夫だって、なにもしないから。手をつなぐだけ」

「ほ、本当?」

「本当、本当。順を追うって言っただろ。夫婦で寝るのになにか問題でもあるか?」

「ない……のかな。じゃあ、手をつなぐだけなら」

仕事部屋の隣にある寝室に布団を敷いていると、近くで廊下が軋《きし》む音が聞こえて、びくっとした。振り返ると、トイレに起きたマオ君が立っていた。

「あ、マオ君」

マオ君はぼんやりした様子で廉治さんと私を見上げた。

「僕も一緒に寝てもいいですか？」

「もちろん」

私たちは、並んで敷かれた布団に三人で横になった。廉治さんと私の間に、マオ君が寝っ転がる。

マオ君は幸せそうな表情で、すぐにまた眠ってしまった。

私はそっとマオ君の銀色の髪の毛を撫でる。

廉治さんは優しく目を細めてささやいた。

「おやすみ、弥生」

「……おやすみなさい」

最初は、緊張して眠れないんじゃないかと思っていた。けれど廉治さんとマオ君が近くにいることに安心して、すぐに穏やかな眠りに落ちていった。

今日は昨日よりも、たくさん廉治さんとマオ君のことを知ることができた。

こうやって毎日、ふたりのことを知っていけたらいいな。

三話　風邪、心配、昔の話

「弥生、幼稚園に行きましょう！」

「待って待って、これ、忘れないでね」

私はマオ君にお弁当を渡す。マオ君は嬉しそうに、両手を出してそれを受け取った。

「今日のおかずはなんですか？」

「卵焼きとたこのウインナーと、いんげんのごま和えときんぴらゴボウだよ」

そう答えると、マオ君はぱっと表情を明るくする。

「うわぁ、早く食べたいです」

私は忘れ物がないことを確認し、玄関で靴を履きながら廉冶さんに声をかける。

「廉冶さん、私マオ君を幼稚園まで送ってくるね」

「ああ、頼む。行っておいで」

体験入園では色々あったけれど、マオ君はあれから正式な手続きを経て、毎日幼稚園に通うようになった。まだ心配ではあるけれど、マオ君は幼稚園に行きたがっているし、本人が楽しそうなので、しばらくは見守ることにした。

私はマオ君と手をつないで、幼稚園までの道を歩く。

今日も快晴だ。いつも通り穏やかな坂道を、ふたりでゆっくり下りていく。

なじみの猫が、マオ君の姿を見て、にゃあと挨拶した。

マオ君は嬉しそうに猫たちに手を振った。猫たちはみんな、屋根の上や塀の上でごろんと寝っ転がっている。

「もう七月かぁ。すぐに夏休みになりそうだね」

マオ君は今年幼稚園に通いだしたので、生まれて初めての夏休みだ。

「夏休みになると、どうなりますか？」

「どこかにお出かけしたいねー」

「どこに行きますか？」

「マオ君の行きたいところに行こうか」

そう提案すると、彼は瞳を輝かせて真剣に考える。

「とりあえず海が近くにあるから、海で泳いでみる？」

するとマオ君は、少し不安そうに眉を寄せた。

「僕、泳いだことありません。泳げるでしょうか？」

「そうなんだ。私もそんなに泳ぐのは得意じゃないけど、きっとうきわに乗ってぷかぷかしているだけで、楽しいと思うよ」

「たしかに、うきわでぷかぷかするの、楽しそうです！」

マオ君はまだ小さいのに、ほとんどわがままを言わない。おそらく私や廉治さんに気を使っているのだろうけれど、子供なのだからもっと好き勝手言ってほしい。

「幼稚園、楽しい？」

マオ君ははつらつとした声で答える。

「はい！　いっぱい工作してます！」

私はマオ君が元気に幼稚園に通えていることにほっとした。

「そっか。お友達もできた？」

「はい！　昨日はみくちゃんと健太《けんた》君と鬼ごっこをして、それからたかし君ともかくれんぼをして、それから……」

「悠人君とはどう？」

「えっと……」

今まであんなに楽しそうだったのに、マオ君は困ったように言い淀む。

「あんまりお話ししてないです」

しょんぼりと目を瞑って、それから焦ったように付け足した。

「でも、僕、悠人君嫌いじゃないです！　意地悪もされませんし！　また仲良くできたらいいです！」

「うん、そうだね」

この前、マオ君の尻尾と耳を見られて化け物と言われた後から、マオ君と悠人君はほとんど話していないようだ。

喜代さんも、私とマオ君に何度も謝ってくれた。

一方、悠人君は頑なに「俺は悪くない」と言うので、喜代さんは怒っていたけれど、悠人君は決して嘘をついたわけじゃない。彼がマオ君の猫耳と尻尾を目撃したのは事実だ。あまり叱らないでくださいと頼んだけれど、大丈夫だろうか。

マオ君にとって、悠人君は初めて一緒に遊ぼうと言ってくれた友達だから、特別みたいだ。早く仲直りできたらいいんだけどな。

幼稚園までマオ君を送ると、ちょうど門のところで挨拶をしていた園長先生と会った。

「おや、おはようございます弥生さん。それにマオ君も」

こうやって見ると、やはり狐顔だ。

園長先生を見たマオ君は、元気よく朝の挨拶をした。

「園長先生、おはようございます。今日も暑いですね」

「たしかにたしかに」

そう返事をするけれど、園長先生の周囲だけはなぜか涼しげな空気が漂っている。

「マオ君、毎日楽しそうに遊んでいますよ」

「そうですか。よかったです」

私は園長先生にこっそり耳打ちした。

「マオ君、あやかしだってこと、ほかの子にバレてないですか？」

彼は切れ長の目をさらに細め、にこりと笑って言う。

「えぇ、えぇ大丈夫です。ご心配なく」

よかった、マオ君はだいぶ集団生活になじんだようだ。

私はほっとして家までの道を辿る。

家の前に着くと、よく来る三毛猫がいたので、買い置きのキャットフードをあげた。

三毛さんは今日も嬉しそうにはぐはぐとそれを食べて、玄関前でごろりと寝っ転がった。

「ふふ、すっかり野生を失ってますね」

私はしばらくの間、幸せな気持ちでその様子を見守っていた。


いい天気だし、洗濯をしてから掃除をしようと考えていると、廉治さんの朝ご飯がまだ食卓に残ったままなのに気づいた。

私は廉治さんの仕事部屋の襖をするすると開く。

声をかけようとするが、ピリピリした雰囲気に圧倒され、思わず息をのむ。

書道に集中しているときの廉治さんは、まるで別人のようだ。それだけ真剣に取り組んでいるということだろう。

部屋の床いっぱいに、失敗作だと思われる半紙が散らばっている。

じっと様子をうかがっていると、彼は再び筆に墨をつけ、半紙の上を走らせる。

廉治さんの書は、まるで彼の命を削りながら作り出しているみたいだ。

彼の一挙一動、すべてが美しくて、息をするのも忘れてしまいそうになりながら見とれる。

やがて新しい作品ができあがった。

私には完璧に見えるけれど、やはり気に入らないらしく、廉治さんは溜め息をついて首を横に振る。

私の視線に気づいたのか、廉治さんは顔を上げる。

「あぁ、弥生か」

大きな作品展が近いため、ここ数日の廉治さんはものすごく忙しそうだ。

いつもなら一緒にご飯を食べるけれど、最近の廉治さんはひとりで仕事部屋にこもっている時間が長い。

廉治さんは自分のことを天才だなんて言っていたけれど、彼が作り上げたものはすべて、廉治さんの努力の結果だ。少なくとも、書道においては確実に。

神さまだから、てっきり特別な力を使って、なんだって簡単にできてしまうのかと思っていたけれど、決してそんなことはなかった。

作品展があるからといってほかの仕事も疎かにはできないと言い、島の人への書道教室も継続している。

こちらは月に数回、時間は気まぐれにだけれど、廉冶さんは丁寧に指導するし、提出された作品があれば何十枚も添削する。

私も準備や掃除など、手伝えることは手伝っているけれど、書道のことは分からないから、雑用しかできないのが歯がゆい。

「廉冶さん、朝ご飯、まだ食べてないでしょう」

「悪い、昼に食べるから置いておいてくれるか？」

廉冶さんはそう答える途中、コホンと小さく咳払《せきばら》いをした。そういえば、昨日の夜も何度か咳をしていた気がする。

「それはいいけど、もしかして廉冶さん、具合が悪いの？」

「あー、少し風邪気味かもしれねぇ。まぁ大丈夫だよ。じゃあ俺、仕事の続きするな」

微笑みながらそう言って、彼はまたすぐに筆をとる。

その表情があまりにも真剣なので、迷ったけれどそのまま襖を閉めた。

最近の廉冶さんはまともにご飯を食べていないし、おそらく睡眠時間も短い。

あまり具合もよくなさそうだし、身体を壊さないか心配だけどお仕事が大変なのも分かるから、どこまで口を出していいのか迷ってしまう。

そもそも神さまだし、普通の人間とは身体のつくりが違うのかも。そうだとしたら、余計なことを言わないほうがいいのだろうか。

けれど、最近は見るからに顔色が悪いし、やはり一度強く休息をすすめたほうがいいかもしれない。

いやしかし……。

堂々巡りで、答えは出なかった。


その日の夜も、廉治さんは仕事部屋にこもりっきりだった。

マオ君とふたりで夕食の準備をして、ふたりで向かい合って食べる。

「お父さん、今日もお仕事ですか？」

「うん、ずっと仕事部屋で書いてるよ」

マオ君はあきらかにしゅんとした様子でおかずをつついた。

「最近、お父さんと一緒にご飯を食べられないから、ちょっと寂しいです」

「そうだよね。マオ君、廉治さんって、お仕事が忙しいといつもあんな感じ？」

「はい。去年の今頃も大事な作品展があって、そのときはいつもお部屋で難しい顔をしていました」

「そっか」

廉治さんは大丈夫だろうか。

それにしても、マオ君とふたりきりの食卓がこんなに寂しいと思うなんて、少し不思議だ。

以前はひとり暮らしだったから、ずっとひとりで食べていたのに。自分でも理解していなかったけれど、もしかしたら私はずっと寂しかったのかもしれない。

食事の片付けが終わると、私はマオ君の頭を撫でた。

「マオ君、お風呂一緒に入る？」

そう誘うと、マオ君の背中から尻尾が現れ、ピンと立つ。それから尻尾の先をピクピクと動かす。

「ぼ、僕は将来立派な大人になるので、お風呂はひとりで入れます！」

「えー、そうなの？」

「そうです！」

マオ君は兵隊みたいにシャキシャキ歩きながら、居間を出ていってしまう。照れているのかな。

いなくなったかと思いきや、マオ君は壁の陰からチラリとこちらを覗いた。

「でも、弥生がどうしてもと言うなら、一緒に入ります」

私はクスクス笑いながら、「そうしよう」と答えた。

目覚まし時計が鳴っているのが聞こえて、布団から身体を起こす。

「朝か……」

私はお弁当と朝食を作ろうと、冷蔵庫を開いた。

昨日廉治さんのために作った夕飯がなくなっていたので、少しほっとする。おそらく深夜に食べたのだろう。

朝食の時間になっても、廉治さんは現れなかった。一緒に暮らしているのに、すれ違っている感じだ。マオ君も、やはりちょっと元気がない。

私はいつものようにマオ君を幼稚園に送り、それでも廉治さんが起きてこないので、彼の仕事部屋の襖を開いた。

すると寝室まで行かず、仕事部屋の畳の上で眠っている廉治さんを発見した。

着物がはだけているのが少し色っぽい。

なんて、余計なことを考えている場合じゃないや。

私はゆさゆさと彼の身体を揺さぶった。

「廉治さん、こんなところで寝ちゃダメですよ！」

廉治さんは私の声ではっとしたように眠りから目覚める。

「今何時？」

「え？　えっと、朝の九時ですけど」

廉治さんはゴホゴホと咳き込み、なんだかふらついた様子で立ち上がる。

「廉治さん、やっぱり体調がよくないんじゃ……」

「やべぇ、今日新聞社のインタビューの仕事が入ってたんだ。弥生、起こしてくれてありがと」

私は彼の着物の背中あたりをぎゅっと引っ張り、彼を引き止める。

「待って！　廉治さん、ちゃんと朝ご飯食べてください！」

「あぁ……でも、あんまり食欲がなくてな。悪い、俺すぐに家を出ないと間に合わない。数時間家を空けるから」

「うん……」

廉治さんは急いで支度をして、あっという間にいなくなってしまった。

取り残された私は、もやもやしながら考える。

廉治さん、本当に大丈夫なのかな。それに、最後に一緒にご飯を食べたのって、いつだっけ。ここ数日、まともに話せていない気がする。

どうにかしたいけれど、どうすればいいのか分からなかった。

考え込んでいるうちに夕方になり、マオ君を幼稚園に迎えに行くために家を出た。

「どうしたものかなぁ」

マオ君と手をつないで帰りながら、廉治さんのことを考える。

「お父さん、お仕事やりだすと、それぱっかり考えちゃうときがあるので」

「お仕事に一生懸命なことはいいことだけどさ。限度があるよね。睡眠時間も短そうだし、具合もあんまりよくなさそうだし、心配だよ」

ふたりで悩みながら家に入ろうとすると、玄関の前に、知らない男の人が立っていた。

だ、誰、この人。

この島の人口は少ない。島の人なら、直接会話をしたことがなくても、なんとなく見覚えがあるはずだけれど、まったく知らない人だ。

服装は、カチッとしたビジネススーツ。

この島の人は、自営業だったり、漁業関係の人、農業の人が多く、スーツを着ている人はほとんどいない。そういう意味でも珍しかった。

しかも彼はなぜか半泣きだ。子供ならともかく、大人なのにここまで弱った表情の人を見る機会はなかなかない。

彼は泣きそうな声を張り上げて、必死に玄関の扉を叩いていた。

「先生、開けてくださいよー！　僕に嫌がらせをしても、納期は延びませんよー！　聞こえてますか？　先生、開けてもらえるまで絶対に帰りませんからね！」

私はどういう状況だろうと悩みつつ、彼に問いかける。

「あのぅ……うちになにか御用ですか？」

私が声をかけると、彼はひゃっと飛び上がった。

彼は細身で、気の弱そうな印象だった。身長は百六十五センチくらいだろうか。顔つきが頼りないせいもあり、スーツを着ていなかったら、高校生くらいだと思ったかもしれない。

「あ、ああああやしいものではありません！」

動揺しすぎて、怪しく見えるんだけど。

「成瀬先生のマネージメントを務めさせていただいてる者でして！」

「マネージメント？」

私が首をかしげ、お互いに焦っていると、私の後ろにいたマオ君が彼の名前を呼んだ。

「あ、藍葉《あいば》さんです」

彼は自分を知っている人間が現れてほっとしたようだ。マオ君の手をきゅっと握った。

「そうです、藍葉です！　マオ君、お久しぶりです！」

「マオ君、知ってるんだね」

「はい、藍葉さんはお父さんのマネージャーさんです」

「え、廉治さんマネージャーさんなんていうんだ。鍵、開いてませんでした？」

藍葉さんはまた泣きそうな顔で私に訴える。

「最初は開いてたんですけど、先生、僕の顔を見た途端に鍵をかけたんです！」

「あはは……」

この島の人たちは、めったに家の鍵を閉めない。都会なら不用心な、と言われそうだけど、この島に住んでいる人は知り合いばかりだ。だから知人の家に用があって家人が留守だと、勝手に入って玄関で待たせてもらうのもよくあることみたいだ。

実際廉治さんの生徒さんも、離れが開いていないときは家の玄関に座って待っていたりするし。

それを考えると、廉治さんは普段鍵をかけていないのに、わざわざ彼が入れないように戸締まりしたのだろうか。

「そうとは知らず、すみません。どうぞ上がってください」

私は鍵を開けて玄関に入り、藍葉さんを居間へと案内する。

「ありがとうございますー！」

私がお茶を出すと、藍葉さんは礼儀正しくお辞儀し、名刺を差し出す。

「あらためまして、成瀬先生のマネージャーをしております、藍葉と申します」

「これはどうも、ご丁寧に」

私はお辞儀をして、彼の名刺を受け取る。

「えぇと、私は……」

島の人には廉治さんの妻ということで通しているけれど、お仕事関係の人にもそう名乗っていいのだろうか？

私が迷っていると、隣に座っていたマオ君がさらりと言った。

「弥生は、お父さんのお嫁さんになる人です」

「えええええええええええええ!?」

藍葉さんは分かりやすく動揺している。

「せ、先生結婚するんですか!? 僕、なにも知りませんでした！　先生のマネージャーになってもう二年くらい経つのに、知らなかったです！　言ってくれてもよかったのに！　あぁでも、先生はずっと心に決めている方がいらっしゃるようだったので。そのせいか、どれだけ女の人に誘われても、全部断っていましたし。羨ましいな、全部断るのなら、僕にひとりくらい紹介してくれたらよかったのに！」

本音が漏れている。

「そのお相手があなただったんですね！　おめでとうございます！」

「はぁ……」

心に決めている人って、本当に私がそうなんだろうか。未だに自覚がない。

そして、やっぱり廉治さんはもてるのか。そうだろうなとは思っていたけれど、第三者から聞くとちょっと落ち込むというか、もやっとするというか。

まったりとお茶を飲んでくつろいでいた藍葉さんは、はっとした様子で目を見開く。忙しい人だ。

「あっそうだ、時間がないんでした！　先生はどこですか!?」

「廉治さんなら、さっきまで出かけてて……あ、でも藍葉さんを見て鍵をかけたなら、戻ってきてるんですよね。ここ数日、ずっと仕事部屋にこもってお仕事をしていますよ」

そう言って、彼を部屋まで案内する。

マオ君は仕事の話だと察したからか、自分から子供部屋に戻っていった。本当に賢い子だ。

「先生！」

廉治さんは藍葉さんの顔を見た途端、露骨にだるそうな顔をした。

「うわ、弥生、そいつ入れちゃったのかよ。閉め出しておいたのに」

「ひどいですよ先生ー！　やっぱりわざとだったんですね！」

放っておいたら近所迷惑になりそうだったので、とは言葉にせず頭の中で思っておく。

「どうですか、先生、満足のいく作品は書けましたか⁉」

「まだだ」

ピシャリと言い切られ、藍葉さんは泣きそうな顔で廉治さんにすがりつく。

「先生の納得がいくまでこだわりぬくという姿勢は大変立派ですが、もう会場の設営が始まっておりまして！　そろそろ作品を入れないと、間に合わない日程に……」

廉治さんは藍葉さんの頬をつかみ、左右に全力でびろびろと引っ張る。

「うるせー、お前が考えなしに死ぬほど仕事を入れたせいでここまで大変な状況になってるんだろうがーー！　予定を考えず、依頼を受けた仕事全部はいはい言って受け入れるやつがあるか！　お前はなんのためにマネージャーやってるんだ！　嫌がらせか⁉　俺を陥れるためにやってんのか⁉　このアホ狸《たぬき》！」

「ひえええ、ごめんなさいごめんなさい、いひゃい、先生頬がいひゃいです」

廉治さん、疲れているせいかいつもより荒れてる……。

さすがに藍葉さんが気の毒になって止めようとすると、彼から白い煙が出て、丸っこい尻尾と茶色い耳が現れる。

「えっ」

「あわわ、戻っちゃいました！」

　そう言って、藍葉さんは耳と尻尾を隠そうとする。彼がパンパンと手で払うと、獣の尻尾と耳は跡形もなく消えた。

「廉治さん、もしかしてその方も……」

「あぁ、狸のあやかしだ、こいつは」

　私は感心して藍葉さんを眺める。

「園長先生は狐で、マネージャーさんは狸なんだ」

　廉治さんは疲れきったように溜め息をつく。

「そうだよ。藍葉はもともと、取引先の下っ端営業だったんだ。人間の世界で、正体がバレないように生活してるあやかしも、最近ではけっこう多くてな。こいつはどんくさい失敗ばっかりして、上司にぼろくそに怒られてるのが気の毒だったからマネージャーにしたんだ。ちょうど、事務処理をしてくれる人間が欲しかったからな。藍葉があやかしじゃなければ、もっと有能な人間をマネージャーにしてるよ」

　廉治さんって一見冷たそうだけど、案外捨て猫とか放っておけずに拾っちゃうタイプだよね。

　藍葉さんは嬉しそうに頬を緩める。

「その節はお世話になりました。まぁ、ぼろくそに怒られてるのは、今も昔も変わらないですけどね」

「嫌ならいつでもクビにしてやるぞ」

「いえいえ、僕は一生先生についていきますよ！」

「来るな、うっとうしい」

ふたりの会話を聞いていると、なんだか漫才を見ているみたいだ。

藍葉さんは廉治さんにすがりついて訴える。

「とにかく先生、もう本当に本当に時間がありませんので。とりあえずできた作品からもらいますので！　連絡をいただければ、すぐに取りに来ますので！　朝でも昼でも夜でも！」

藍葉さんも相当追いつめられているらしい。働くって、どんな仕事でも大変だ。

「分かってる、分かってる。前に頼まれてたやつは、その棚に置いてあるから」

作品を受け取った藍葉さんは、ありがたそうにそれをケースにしまった。

「それでは私、一度本土に帰りますので」

私は驚いて彼にたずねる。

「え、今から本土に戻るんですか!?」

すでに夕方だ。本土までの交通手段はフェリーのみで、一時間ほどかかる。おそらくさっきここに到着したばかりなのに、また戻らなくてはいけないなんて大変だ。

「ええ、どうしても現場でやらないといけない仕事がありますので。また明日も、作品を取りに参ります」

「もう来なくていいぞ」

冷たくそう言われた藍葉さんは、声を張り上げた。

「来ますよ！　本土での作品展の打ち合わせ、明日ですからね！　忘れないでくださいね！」

「へいへい、早く帰れ」

藍葉さんは私に頭を下げ、部屋を出ようとする。

「それでは、お邪魔しました」

「いえ、こちらこそなんのおかまいもできませんで」

藍葉さんは、私と廉冶さんを見比べ、にこりと笑って廉冶さんのお腹を肘でつついた。

「いやあでも先生、水くさいじゃないですか！　まさかこんな素敵な女性と結婚するなんて！　羨ましいです！」

「あれ？　言ってなかったか？」

「言ってないですよ！　先生、いつも僕には大切なことを教えてくれないんですから！」

「藍葉に大切なことを教えると、面倒なことになりそうだし」

「ひどい言いぐさですね！　でも先生、女性からの誘いはすべて断っているのに、一時期はモデルの咲坂《さきさか》レナさんとお会いしてたので、てっきり彼女とお付き合いしているのかと、思っ……」

私は藍葉さんの言葉を復唱する。

「……モデル？」

初耳だ。

私の問いかけを受け、藍葉さんは凍りついた。思っていることが全部表情に出る人だ。

彼は土下座する勢いで私に頭を下げる。

「ちっ、違うんです！　ごめんなさい、僕バカで、いつもつい余計なことを言ってしまうんです！　今のは忘れてください！」

「いえ……」

モデルの咲坂レナ……って、ファッション誌の表紙をいくつも飾っていて、海外のコレクションにも頻繁に呼ばれ、最近は女優としても活躍している、あの咲坂レナだろうか。

存在感のある美人で、八頭身でスタイルもいい。日本一美しい女性だなんて言われて、海外からも注目されているけれど。

そんな人と廉治さんが個人的に会っていた？

比べるまでもなく、勝ち目がない。

私がショックを受けているのが伝わったからか、途端に部屋の空気が悪くなる。

藍葉さんは慌てて退去しようと、襖に手をかけた。

「あ、あの、そそれでは先生、僕はこのあたりでお暇《いとま》します」

「まてこのアホ狸、余計な禍根を残して行くな！　誤解を解いていけ！」

廉治さんが振りかざした腕をひらりとすり抜け、藍葉さんは軽やかに部屋から飛び出した。

「先生、作品の納期だけは何卒《なにとぞ》守っていただけますようにー！」

「うるせぇ！　さっさと帰れ！」

よくしゃべっていた藍葉さんがいなくなり、部屋にしんと沈黙が落ちる。

私は廉治さんの正面に立ち、彼に問いかけた。

「廉治さん、咲坂レナさんとお知り合いなの？」

「あぁ、まぁな」

「一時期、レナさんとよく会ってたって、どういうこと？　私には会いに来なかったのに、彼女とは会ってたんだ」

藍葉さんが二年前からマネージャーだということは、少なくともその頃から書道家として仕事をしていたのだろう。

一人前になるまでは私に会わないと決めていたって言ったけれど、やっぱり私を迎えに来たのなんて、なにかの間違いなんじゃないか。

考えれば考えるほど悲しくなってきて、涙が出そうになる。

「私より、その人と結婚したほうがよかったんじゃないの？」

静かに私の言葉を聞いていた廉冶さんは、耐えられなくなったように大声で笑う。

「アハハハハハ！」

「なにがおかしいのっ！」

「いや、弥生が嫉妬してくれてるのは嬉しいし、かわいいけど」

「べ、別に嫉妬じゃ……」

「咲坂レナは俺の姉だ」

あっさりと言い切られ、ぽかんと口が開く。

「えっ!? そうなの!? でも名字も違うし！」

「芸名だからな。ちなみに姉も人間じゃなくて、神な」

廉冶さんは子供にするように私の頭をガシガシと撫でる。

「最初っから、弥生以外の女なんかまったく興味ないから。安心したか？」

「別に……」

意地を張ってそっぽを向いたけれど、正直なところ、ほっとした。

「そうなんだ……。神さまって、やっぱりすごい人ばかりなのね。廉治さんも、レナさんも。それに人間の世界で暮らしている神さまって、廉治さんのほかにもいたのね」

廉治さんは私の手を取り、穏やかな声で言った。

「あぁ、何人かいるよ。俺もレナも、しきたりとかそういうのが嫌いでな。レナにもどうしても人間の世界で暮らしたい理由があって、こっちで生活してるんだ。ただ、人間の世界で暮らすとなると、ほかの神から反対されたり、色々面倒なこともあってな。そのことで姉にも相談してたんだ」

「だけど廉治さん、二年以上前から人間として暮らしてたってこと？」

「その時期は、上の世界と人間の世界を行ったり来たりしてたんだ。順を追って話そうか」

大切な話になる空気を感じたので、私はきちんと正座し直した。

「子供の頃、島で初めて弥生と会っただろ？」

「うん」

「俺はあの頃、神として半人前で、しばらくは島から出られないはずだった」

「うん、そう言ってたよね。だけど翌年島で廉治さんを探したら、廉治さんはもういなかった……」

「突然いなくなってごめんな。俺は島でずっと弥生を待つつもりだったけど、お目付役に弥生と親しくしているのに気づかれてな。結婚の約束をしたとバカ正直に話したら、大目玉を食らった」

「それって、怒られるようなことなの？」

「あぁ。俺もそのとき知ったんだが、人間と神が必要以上に親しくする、ましてや結婚なんて禁忌《きんき》みたいでな。俺はすぐさま天界に連れ戻されてしまったんだ」

「そうか、だから廉冶さんに会えなかったのね……」

十年以上疑問に思っていたことの理由がやっと分かり、少しすっきりした。

「天界に連れ戻された俺は、偉い神たちに弥生との結婚は諦めろと説得された。だけど俺は彼らに認めてもらえるよう、ひたすら食い下がったんだ。最初は反対され続けたけど、俺にまったく折れる気配がないのを悟ったのか、向こうも仕方ないって空気になってきてな」

それを聞いて、彼が想像以上に大変な状況に陥っていたのだと気づく。

「私は神さまのことって全然分からないけど、苦労したんだね……」

廉冶さんはにこやかに微笑む。

「誰になにを言われても、諦める気なんてなかったからな。それでまずは誰よりも立派な神になれるよう修行を積んだ。それが、再び弥生と会う条件のひとつだったからな。神ってな、本来は食べたり寝たりしなくても生きていられるんだ」

「えっ、そうなの!?」

「あぁ。具合が悪くなることもなければ、病気になることもない。それに神は、当然ながらほかにもさまざまな力を持っている。たとえば弥生ができるような癒《い》やす力もそうだし、物を生み出したり消したり、育てたり壊したり」

「万能だったんだね」

「まぁな。だけど人間だと、当然そうはいかないだろ？　ほかの神にな、そんな俺たちが人間と一緒に生活しても、どうせすぐに嫌気が差すと言われた。だから普段は極力、神としての力を使わないようにしてるんだ」

　たしかに廉治さんと再会してから、彼が特別な力を使っているところを見たのは、東京のホテルからこの島に移動したときだけ。後にも先にも、あの一度きりだ。

　人間の世界になじめるよう、自分を律しているのだろう。

「そして三年前、ようやく人間界に降りる許可をもぎ取った。そのとき、神としての修行は終わり、次は人間としての修行が始まったんだ」

「人間として？」

「あぁ。三年の間に人間の考えや振る舞いを学び、立派な人間になること。さらに生活基盤を固めることが条件として出された。その間は、弥生に会うのは禁止されていたんだ。弥生に会いに行けば、俺だけでなく弥生にも神からの制裁が加えられたから、定めを破るわけにはいかなかった」

神さまの制裁って、いったいなにをされるんだろう。雷に打たれている自分の姿を想像して、背筋が震えた。

「なるほど……それで廉治さんは書道家として活動を始めて、そのときに藍葉さんと会ったんだ」

「そういうことだ。その試練も終わり、俺は無事に弥生と再会できたってわけだ。だから今の俺は、半分人間、半分神のような立場なんだ。神としての力は残っているから、必要に迫られれば使えるし、天界ともまだつながりがあるけどな」

彼はさらりと説明したけれど、万能な神として天界で暮らすのと、本来持っている力を使わず人間の世界で暮らすのとでは、かなり大きな変化ではないだろうか。

「だとしたら、神さまでいたほうが、色々便利だったよね？」

「それはそうだな」

そう答えてから、廉治さんは私を見つめて、慈愛に満ちた笑みを浮かべた。

「だけど仕方ない。それだけここで暮らしたいと思う理由ができたからな」

私は胸がドキリとした。

そこまでして暮らしたい理由って……私もその理由のひとつだと思ってもいいのだ

ろうか。

私はさっきまで廉治さんが書いていた作品に視線を落とす。

私から見ればどの字も上手だけれど、出来が気に入らないのか、同じ言葉を書いた半紙が大量に広がっていた。

「廉治さんは、どうして書道の道に進もうと思ったの？」

廉治さんはその半紙を拾い上げて言った。

「これ、今書いてるやつなんだけど」

私はその字を声に出して読み上げた。

「色即是空《しきそくぜくう》　空即是色《くうそくぜしき》。この言葉、よく見るけど、意味は知らないや」

「般若心経《はんにゃしんぎょう》だ」

廉治さんはその字に触れながら言った。

「この世のすべてのものには、実体がない。その実体のないものが縁によって存在する」

「えっと……？」

「色っていうのは、物質のこと。つまり目に見えるものだ」

「うんうん」

「で、空は実態のないもの、移り変わるもののこと」

「なるほど？　じゃあ色と空は正反対のものってこと？」

「そうそう。でも色は空であり、空も色である。つまり同じものだっていう意味なんだ」

「え⁉」

まったく反対だけど、同じもの？　混乱してきた。

「このふたつはセットなんだ。俺たちの目に見えているものは、実態がなく、無である。その無であるものが目に見えているだけってことだな」

「無であるものが、目に見えている？」

「仏教用語では、因と縁だ。ほら、人にぶつかったチンピラが、因縁をつけるとか言うだろ」

「言うね」

「因っていうのは物事の直接的な原因で、縁はそれを助ける間接的な力だ。たとえば籾《もみ》だねが因だとして、そこに籾だねがあるだけでは米は育たない。籾だねが米になるためには、水や土、光などの縁がないとダメってことだ」

「うんうん」

「あらゆる存在は、そういう因と縁が重なって出会っていることで成り立っている」

「なるほど……？　えっと、目に見えているものと、見えないもので成り立ってるってことかな？」

「あぁ。で、さっきの『色即是空　空即是色』の話に戻るけどな。目に見えるものや心で思っていることは、絶対的ではない。世の中の出来事、人の気持ち、すべてが移り変わっていく。今目の前に見えているものも、次の瞬間には変わってしまうかもしれない。だからなにかにこだわらず、とらわれず、変化を楽しみながら生きよう。そんな意味だと俺は思ってる」

「へぇ……」

　私はその言葉の意味をもう一度考えた。完全に理解できてはいないかもしれないけれど、廉治さんの伝えたいことは分かった気がする。

「俺、こういう人間の考え方って好きなんだ」

「廉治さんは神さまだけど、仏教の教えも学んでるんだね」

「あぁ、人間の世界に来てから、いろんなことを学んだよ。いろんな人に会ったし、いろんな人と話した。尊敬できる人もたくさんいたし、やってみたいと思う仕事もたくさんあった。もちろん、その逆もな」

　廉治さんは薄く微笑んで言った。

「いい書の条件って知ってるか？」

　私はしばらく考えてみる。

「字が上手なこと……？　ううん、きっと違うよね。人の心を動かすこと……かな？」

「へぇ、どうしてそう思う？」

私はこの家で、初めて彼の書いた書を見たときに感じたことを口にする。

「廉治さんの字を見たとき、鳥肌が立ったから。全身がざわざわした」

私は自分の胸を押さえた。

「うまく言えないけれど、心臓をつかまれたような気持ちになったの」

廉治さんはふっと笑って、「満点の答えだ」と言う。

「人間の世界で暮らすようになったばかりの頃、俺もそういう作品を目にする機会があって、感動して、自分で書いてみたくなったんだ。神だったときはなんでも簡単にできたけど、力を使わないと、何度書いても憧れた作品みたいに上手に書けなくてな。悔しかったし歯がゆかったけど、不思議とそれが新鮮で楽しくもあった」

自分自身の力で努力して収めた成功は、一際喜びも大きいだろう。

「だから納得がいくまで、書き直したいんだ」

そう言った彼の横顔は、かっこよかった。

いつもの廉治さんは少し浮き世離れしていて、つかみどころがない。けれど仕事のことを話している廉治さんは、嘘のない真剣な表情だ。

自分に厳しすぎて、集中すると寝食を忘れてしまうところは心配だけど。

──どっちの廉治さんも好きだな。

自然にそう考え、思わず目を見開く。

「弥生？」

私は立ち上がり、彼に顔を見せないように部屋から去る。

「色々教えてくれてありがとう。私、そろそろご飯の支度をしないと。お仕事頑張ってね！」

そう言い残して自分の部屋に戻り、襖を閉めてずるずると布団の上に座った。

鏡を見なくても分かる。今の私は、おそらく真っ赤だ。

心臓が、トクトクと高鳴っている。

突然自覚してしまった。

「私、廉治さんのこと、好きなんだ……」

きっと彼を好きだという気持ちは、花のように、毎日少しずつ育ち続けていたのかもしれない。

廉治さんが自分のことを話してくれるのは珍しいし、嬉しかった。

今まで彼の過去をまったく知らなかったけれど、どれほど困難があったのか想像もつかないくらい、廉治さんは私のために頑張ってくれていた。

廉治さんみたいな人の相手が本当に私でいいのだろうかという思いはまだ消えない

けれど、私も彼の努力につり合う人になりたい。

この気持ちを伝えたら、彼は喜んでくれるだろうか？

嬉しいようなくすぐったいような、甘ずっぱい思いはしばらく収まらなかった。


藍葉さんが帰った後も廉治さんは仕事部屋にこもっていたし、その日の深夜を過ぎてもずっと部屋の電気がついていた。

廉治さんが書道に一生懸命な理由は分かったけれど、それでも心配なものは心配だ。

翌朝、マオ君を幼稚園に送ってから、異変に気づいた。

台所に現れた廉治さんの声が掠れている。

「弥生、俺、もうちょっとしたら出かけるから」

「出かけるって……」

私は背伸びをして、廉治さんの額に触れてみる。

……熱い。どう考えても、熱が出ている。

「廉治さん、熱があるでしょ！」

「いや、大したことないって」

「嘘！　数日前から、ずっと具合悪そうだったじゃない！」

神さまとしての力を封印した彼は万能じゃない。特別な力もないし、具合も悪くなる。そんな話を聞いたばかりだ。

廉治さんはだるそうな様子で、コップにお茶を注ぐ。

「今日、本土に行って会場の設営を見ねぇといけないんだ……」

風邪を引いてふらふらなのに、それでも廉治さんは私が止めるのを振り切り、出かけようとしている。

「気になるのは分かるけど、藍葉さんにお任せしよう！」

「いや、俺が自分で見たいんだよ」

「自分の体調分かってるの!?　そんなふらふらで来られても、会場の人だって迷惑だよ！　ほら、部屋で寝て！　出かけようとしたら、絶対に許さないんだから！」

「いや、でも……」

「ほら、藍葉さんにも電話する！」

私は無理矢理廉治さんの背中を押して、彼の寝室まで移動させる。

「今日は出かけちゃダメだからね！」

部屋まで戻された廉治さんはしぶしぶ布団の上に腰を下ろす。ふっと笑って、隣に座った私の頭を軽く撫でた。

「そんなに俺のことが心配なのか？」

からかうようにそう言われると、つい否定してしまいたくなる。

「……っ、うん、心配してる！」

負けずにしっかり言い返すと、廉治さんは私の肩にもたれかかった。

「癒やしてくれ」

「……え？」

耳元で彼の声が聞こえ、ドキリとする。

「弥生、あやかしのケガとか病気とか治せるだろ？　昔も俺のケガ、治してくれただろ。だから……」

「嫌！」

きっぱり否定すると、廉治さんは困ったように目尻を下げる。

「どうして」

「そういう風に使いたくない！　だって、廉治さん、無理するでしょう。私の力は無限にケガを癒やしたり、体力を回復するわけじゃないもの。詳しい仕組みは分からないけど……多分、その人が本来持っている回復する力を、先回りして使っているだけだよ。ずっと私が治していたら、廉治さん、すぐにしわしわのおじいちゃんになっちゃうんだから！」

一気にまくし立てると、廉治さんは私の背中をぎゅっと抱きしめて、声をたてて笑った。

「弥生って、優しいのにたまに頑固だよな」

「頑固で悪い!?」

「いや、きっと弥生ならそう言うと思ってた。俺、弥生のそういうところ、好きだよ」

好きだというストレートな言葉に、顔が熱くなる。

「なっ……ふ、ふざけてるでしょ！」

「ふざけてないよ。弥生は優しいから、そのせいで傷ついたり、悲しんだりするけど。だけどそれでもどこまでも優しくって。俺、そういう弥生だから好きになったんだよ」

「え？　それって、どういう意……」

問いかけると廉治さんの身体がこちらに傾き、そのまま畳の上に押し倒される。

「れ、廉治さん！　ちょっと、ちょっと待って！　ぐ、具合が悪いんでしょ……！」

私は彼の胸を押し返しながらパニックになる。

なんで今!?　どこでスイッチが入ったの!?　そもそも、順を追ってって言ってたのに！

心臓が爆発しそうなくらい、ドキドキと鳴っている。

私も廉治さんのことを好きだし、ふたりの気持ちが一緒なら、問題ない……？

いやいや！　だからって、もっとタイミングとか！

そこまで考えて、彼がちっとも動かないことに気づく。

「廉冶さんっ！」

廉冶さんは私が呼びかけても、微動だにしない。どうやら意識を失っているようだ。

「大丈夫⁉ しっかりしてっ！ 廉冶さん！」

血の気が引いていく。どうしよう、このまま意識が戻らなかったら。

やっぱり私の力を使って治したほうが……いや、それより救急車を呼んだほうがいい？

パニックになっていると、廉冶さんからすぅすぅと小さな寝息が聞こえてきて、動きを止める。

「……もしかして、眠っているだけ？」

あらためて見ると、廉冶さんは穏やかな表情で眠っていた。

「な、なんだぁ。急に眠るから、驚いちゃったよ」

私は彼を布団に寝かせ、へなへなと脱力した。

その後、私は幼稚園にマオ君のお迎えに行った。廉冶さんが体調を崩して眠っていると知ったマオ君は、家に帰るなり廉冶さんの枕元へと駆け寄った。

「お父さん、大丈夫ですか⁉」

私は人差し指を立て、マオ君に静かに見守るように促す。

「大丈夫だよ。急に眠っちゃったんだ。しばらくゆっくり眠らせてあげよう。多分、ずっと寝不足だったのと、熱が高かったから、倒れちゃったんだと思う。お医者さんを呼ぼうかとも思ったんだけど、今は落ち着いてるし、さっきより熱も下がってた。目が覚めてから、本当に具合が悪そうだったら、すぐにお医者さんに連絡するから」

マオ君は廉治さんが重症でないと知って、ほっとしたようだ。

「そうですか……よかったです」

私はマオ君と手をつなぎ、廉治さんの寝室の襖をそっと閉めて、台所に向かう。

「マオ君、廉治さんを元気にする作戦、付き合ってもらえるかな?」

そう話すと、彼はぴっと片手をあげて喜ぶ。

「もちろん、やります!　作戦ってなんですか?」

私はにこりと笑い、マオ君に耳打ちした。

「あのね……」


それから数時間後。寝室へ様子を見に行くと、廉治さんは目を覚ましたようだった。

「廉治さん、具合はどう?」

彼はまだぼーっとした様子だった。

「寝たらだいぶましになったな」

「急に意識を失うから、心配したよ」

「そうか、悪かった。弥生と話してた記憶はあるんだけど、途中からあんまり覚えてないや」

「さっき藍葉さんから電話があって、体調が戻ったら連絡するって伝えておいたから」

「なにからなにまで申し訳ないな」

廉治さんが珍しく殊勝な様子なので、小言を言う気にもなれなかった。

「喉、渇いてるでしょ？」

コップについだスポーツドリンクを渡すと、廉治さんはそれを一息でほとんど飲み終えてしまった。

「もう体調、平気？　あまりにひどかったらお医者さんを呼ぼうと思ったんだけど」

「あぁ、平気平気。寝たらかなりよくなったよ。ごめんな」

私はタオルで廉治さんの額の汗を拭った。

「ごめんじゃなくて、ありがとうだよ。一応、おためしみたいなものとはいえ、私たちは夫婦なんだから。どちらかが困ったら、助けるのは当然でしょう」

顔が赤くなっているのを自覚しながらそう言うと、廉治さんはにやりと悪戯っぽい笑みを浮かべる。

「へぇ、夫婦だって思ってくれてるのか」

そう言われ、胸がきゅっと苦しくなる。昨日彼を好きだって自覚したばかりなのに、その人ともう夫婦だというのもおかしな話だ。

「だって、そう言ってこの島に連れてこられたから！」

「あー、残念だな。風邪引いてなかったら、弥生のこと嫌というほどかわいがるのにな」

　廉治さんはすっきりとした表情でつぶやいた。

「いやー、しかし久々によく眠ったな」

「汗をかいたままだと、冷えて寒くなっちゃうね。お風呂、あったまってるよ」

　廉治さんはニコニコ笑って答えた。

「じゃあ入ってくる。弥生も一緒に入らないか？」

「入らない！」

　即答すると、廉治さんはすねたように口を尖らせた。

「えー、なんで。マオには一緒に入ろうって誘ってたくせに」

「聞いてたんだ……」

「聞いてたよ。俺、少しだけ羨ましかったんだけど」

「マオ君は子供でしょう」

　私が怒ると、廉治さんはおかしそうに笑って、私の耳元で小さくささやいた。

「でも、そのうち一緒に入ろうな？」

真っ赤になって固まっている私を放置して、廉治さんは上機嫌でお風呂に向かった。

廉治さんがお風呂からあがって寝室に戻ったので、マオ君と用意していたものを持っていく。

「お、うまそうな匂い。卵がゆか」

「うん。特別なものは入ってないけど、マオ君と一緒に作ったんだ」

子供の頃、風邪を引いたらよくお母さんがこの卵がゆを作ってくれた。

体調が悪いときは、理由もなく心細くなったりする。いつもよりお母さんが優しく私を心配してくれるのは、なんだかくすぐったい気持ちだった。

廉治さんはもう大人だけれど、それでも誰かがただ近くにいるだけで、少し安心できるんじゃないかと思ったのだ。

廉治さんは嬉しそうにお椀を手に取る。それからレンゲに息を吹きかけ、ゆっくりと口に運んだ。味わうように、しみじみと目を閉じる。

「あぁ、うまいな。優しくて、ほっとする味だ。なんか、久しぶりにゆっくり食べた気がする」

お腹が空いていたのか、すぐに器は空になった。廉治さんがおかわりと言うと、マオ君は嬉しそうにお椀を受け取り、二杯目のおかゆをよそって渡した。

すべて食べ終わり、廉治さんは満足そうに手を合わせた。

「ごちそうさま。おいしかったよ」

「廉治さんって、ひとりでなんでもできると思ったけど、寝るのを忘れて仕事するし、ご飯も食べないし、具合悪くなって倒れちゃうし、全然完璧じゃないんだから」

そう言うと、廉治さんはおかしそうに笑った。

「そうだよ、俺わりと適当だから。ていうか、俺が料理できないのは知ってるだろ？ほかの家事も微妙だし」

「そうだったね」

「でも本当にふたりに心配かけて、悪かったよ」

マオ君が私と廉治さんの手を、ぎゅっと握った。

マオ君のほうから私に触れてくるのはなかなか珍しいので、キュンとする。

「弥生、お父さんはお仕事のことになるとつい無茶をしちゃうから、見守っててください」

それを聞いた廉治さんは、優しく目を細める。

「本当に、弥生とマオがいてくれてよかった」

心から安心したように微笑む廉治さんを見て、温かい気持ちになる。

「おいで、マオ」

廉治さんは両手を広げて、マオ君のことをぎゅうっと抱きしめる。

マオ君は照れくさそうに目を細めて、廉治さんにしがみついた。

見守っている私と目が合うと、マオ君は私にも言った。

「弥生も、ぎゅーってしてください！」

「えっ、私は……」

マオ君にキラキラした瞳でねだられると、断れない。

「そうだそうだ、弥生もおいで」

恥ずかしいと思いながら、私もマオ君と一緒に、廉治さんの腕に包まれる。

「ふたりとも、大好きだよ」

少し掠れた声で話す廉治さんの言葉に、心臓の音がうるさくて、なにも言えなかった。

四話　仲直りにはクレープを添えて

「もう無理しないでね！」

「大丈夫大丈夫、作品展も終わったし。しばらくは仕事なんかしないぞ！」

極端な人だ。

あれから廉冶さんの体調はすっかり回復し、作品展もつつがなく終了した。

作品展が終わった後の廉冶さんは、一日中仕事漬けだったのが嘘のようにのんびりしている。私たちと過ごす時間が増えたし、マオ君と三人で島の中を散歩したりと出かけることも多い。

私は作品展での出来事を思い返す。

作品展は本土にある立派なギャラリーをひとつ貸し切り、一週間にわたって行われた。私とマオ君もチケットをもらったので、作品展が始まる前日に本土へ向かい、まだほとんど人が入っていない会場を見学させてもらった。

私はやはり書道に対して詳しいことは分からなかったけれど、廉冶さんの作品はどれも私の胸を打った。

作品展の開催期間中の土日、私は受付の仕事を手伝わせてもらった。

企画会社の人がいるから無理しなくていいと廉冶さんは言ってくれたけれど、私自身が彼の役に立ちたいのだと伝えると、快く了承してくれた。

作品展は連日大盛況だった。開場の前から、大勢の人が建物の前で列をなしていた。

書展だからてっきりお年寄りのお客さんが多いのかと思ったけれど、若い女性も若い男性もたくさんいた。廉治さんの作品には、年齢性別問わずファンが多いようだ。中でも印象的だったのは、廉治さんの書が見られるのを去年からずっと楽しみにしていたと語った、十歳くらいの女の子だった。彼女はこのためにお小遣いを貯めて、期間中毎日通っていたらしい。

そういう人が、ほかにもたくさんいたようだ。廉治さんの作品を見る人々の瞳は、キラキラ輝いていた。

「あんな風に大勢の人を感動させることができるものを作り出せるなんて、廉治さんはすごい人だね」

そう伝えると、彼は誇らしげに薄く微笑んだ。

というわけで作品展が無事終了し、のんびりと過ごしていたある日の昼下がり。

藍葉さんが事後の報告にやってきた。

「どうもー、お世話になっております！　藍葉です！」

相変わらず、ちょっとひょうきんな雰囲気の人である。

私は彼を応接間に通してお茶を出した。藍葉さんは座布団に座り、ありがたそうに会釈する。

「弥生さん、どうもどうも。作品展の受付までしていただいて、その節はありがとうございました！」

「いえ、私が無理を言ってお願いしたことですから」

「先生も、お疲れさまでした！　いやー、作品展は大好評、絶賛の嵐でしたよ！」

廉治さんは眠そうな顔で頷いた。

「ここ数か月で、五年分くらい仕事した。俺、これから五年くらい羽伸ばすわ。そもそも、俺そんなに仕事ばっかしたいわけじゃないし」

藍葉さんは少し気まずそうに笑う。

「残念ですが先生、すでに二年先までぎっしり仕事の予定が入っておりまして」

それを聞いた廉治さんは藍葉さんの頬を全力でつねる。

「だーかーらー、どうして本人の了承を得ず、どんどん仕事を入れちまうんだ、このアホ狸が！」

「申し訳ありません！　でもせっかく先生の作品が必要とされているのに、無下に断るのは、僕はどうにも心苦しくて……」

「それで大変なのは俺だろうが！」

廉治さんはさらに頬をつねる手の力を強める。

「い、いひゃいです！　先生、いひゃい！　頬が取れそう！」

「いらないことしかしゃべれないならこんな頬、取れちまえ！　弥生、俺が倒れたのはこいつのせいだぞ！　すべての原因はこいつだ！」

たしかに……。

「もう一生仕事なんかしないからな！」

「そんな、先生、困ります！」

「とにかく今日は俺はゆっくり寝るんだ！　お前ももう帰れ！」

無理矢理追い出されそうになった藍葉さんは、家を出る直前にぽつりとつぶやいた。

「でも先生、なんだかんだ言って、最後はお仕事してくれるんですよね」

「うるせー、もう絶対お前の言うことなんか聞かねー！　お前なんかクビだ、クビ！」

藍葉さんはニコニコしながら頭を下げて、帰っていった。

気弱そうに見えるけれど、けっこう図太い人だ。

「あ、私そろそろ出かけないと」

藍葉さんがいなくなり、気が付くと約束の時間間近だった。

「ん、弥生どこか行くのか？」

「喜代さんのおうちに遊びに行くことになってるんだ」

「あぁ、隣の家か」

「夕方には帰ってくるね」

「了解。ケガしないように気を付けろよ」

そう言われ、私はふと幼稚園のお母さんたちの間で噂になっていることを思い出した。

「廉治さんもその話、知ってるの？」

「ん？　あぁ、ケガのことか」

「そうそう。最近、腕とか足に刃物で切ったような、妙な切り傷を作る子供が多いんだって」

「俺も書道教室の生徒さんから聞いたよ。最初は通り魔かと思ったけど、この島にはそんな物騒なやつぃないしな」

それから廉治さんは綺麗な形の眉をひそめる。

「特別悪い空気は感じないけど、別のもんがいるのかもな」

「別のものって……」

話している途中で、襖の向こうからマオ君の声が聞こえた。

「弥生、僕もう行けますよ！」

「あっ、はーい！　私ももう出られる！」

準備万端だったらしいマオ君は、すでに玄関で待機していた。

「よし、行こうか、マオ君」

「はいっ、お父さん、行ってきます！」

マオ君は廉治さんに大きく手を振る。

「おお、行っておいで」

といっても、すぐ隣だけれど。

家を出たマオ君は、そわそわしている様子だ。

幼稚園で毎日顔を合わせているけれど、悠人君はマオ君とあまり話そうとしてくれないらしい。以前猫耳と尻尾を見られてしまった事件があったから、当然といえば当然かもしれない。

「仲良くできるといいね」

そう言うと、マオ君はやはり緊張した様子で小さく頷いた。


喜代さんは相変わらず明るく、私たちを元気に出迎えてくれた。

「こんにちは、弥生ちゃん、マオ君。入って入って」

「お邪魔します」

「ほら、悠人、マオ君が来てくれたんだから一緒に遊んだら」

喜代さんの家も、昔ながらの和風なおうちだ。

悠人君は部屋の端っこで、ヒーロー戦隊のおもちゃで遊んでいる。

私は彼に近づいて声をかけた。

「悠人君、こんにちは」

マオ君は用心深い目つきでマオ君をにらむ。かなり警戒している様子だ。

悠人君はびくびくしながら私の背後に隠れてしまった。

「……俺、絶対に尻尾と人間じゃない耳を見たんだ」

どう答えていいものかわからず、私は曖昧に頷く。

悠人君は本当のことを言っているのに信じてもらえなくて歯がゆいのだろう。

彼の気持ちが分かるだけに、困ってしまう。

私は話題を変えることにした。

「悠人君、ヒーローが好きなの？」

そう問いかけると、彼はキラキラ顔を輝かせ、手に持っているおもちゃを私に見せてくれた。

「そう、俺はレッドが好き！　レッドの正体は誰にも秘密で、みんなを守ってるんだ！」

それから彼は自分のTシャツを私の前で見せる。

「ほら、俺、Tシャツもレッドのやつ！」

たしかに悠人君のTシャツには、大きくレッドの顔が描かれていた。

「本当だ、かっこいいね。これ、日曜の朝にテレビでやってるやつだよね。マオ君はあんまり見ないけど、男の子は好きな子多いよねー」

マオ君は戦隊物にはそれほど興味がなく、狐やうさぎなんかの動物が遊んでいるアニメのほうが好きみたいだ。

話を聞いていた喜代さんがニコニコしながら言う。

「あのねー、この主人公のレッド役をやってる俳優さんがかっこいいのよー」

たしかに戦隊物の俳優さんはイケメンが多くて、子供よりハマっちゃうお母さんも多いなんて話を耳にしたことがある。

「へー、それなら私も今度見てみようかな」

「そうしてそうして！　それで弥生ちゃんは誰が好きか教えてよ！　あ、でも、成瀬先生のほうがかっこいいかー。近くにあんなイケメンがいたら、俳優より夢中になっちゃうわよね」

そう言われ、私は頬が赤くなってしまった。

「ちょ、ちょっと喜代さん！」

「やだー、弥生ちゃんの反応、初々しくて新婚って感じ。いいわねぇー」

「もう、からかわないでくださいよ！」

マオ君と悠人君はつかず離れずの距離で、あまり会話せずにそれぞれおもちゃで遊んでいる。

私と喜代さんは居間の椅子に座って、少し離れた場所からふたりを見守った。

「弥生ちゃん、どう思う？　あのふたり」

「ちょっと壁がありますよね……」

喜代さんは困った表情で溜め息をついた。

「ごめんね本当に、悠人が変なことを言って。悠人、普段は嘘をついたりお友達を困らせることは言わないんだけどな。どうしてあんなこと言うんだろう」

「いえ、気にしないでください」

私は微笑みながら、良心がチクチク痛むのを感じていた。

マオ君も悠人君もどちらも悪くないだけに、穏便に仲直りできる方法があればいいんだけど……。


しばらく喜代さんと世間話をしていると、退屈になったのか、悠人君が私たちのほうに歩いてきた。

「母さん、甘い物食べたい。なんかないの？」

そう言われた喜代さんはそうねーと言いながら考える。

「たしかに、そろそろ三時だし、おやつでも食べたいわね。どこかに食べに行く？

でもこの島、おじいちゃんやおばあちゃんがやってるしぶーいお店しかないのよね。そういうところの豆大福とか羊羹《ようかん》もおいしいんだけど、今日はそういう気分じゃないな」

「じゃあクレープでも作りますか？」

それを聞いた悠人君はぴょんぴょん跳ねた。

「俺、クレープ食べたい！」

私はこの間雑誌で見たレシピのことを思い出す。

「ホットケーキミックスと卵と牛乳と、あと生クリームとフルーツとかあれば、簡単にできますよ」

「俺、クレープ食べたい！　クレープ食べたい食べたい！」

「じゃあ公園に遊びに行った帰りに、材料を買って作ろうか？」

私は悠人君とマオ君に言った。

ふたりで料理すれば、距離も縮まるかもしれないし。

喜代さんもそれに同意して、買い物に行こうと話がまとまったところで、家の呼び鈴が鳴る。

「あ、そうだ、今日新聞の集金の人が来る日だった。あそこのおばあさん、一度話しだすと長いのよねぇ」

長話の気配を察したのか、悠人君が喜代さんの服を乱暴に引っ張って抵抗する。

「俺早く食べたい！　クレープクレープクレープ！」

「もう分かったから、待ちなさいよ悠人！」

マオ君は普段ほとんどわがままを言ったり駄々をこねたりしないので、子供らしい反応の悠人君を見ているのと新鮮だ。

「じゃあ私、先に公園でふたりを遊ばせてますよ」

「え、でも」

「大丈夫です。用事が終わったら連絡ください。それで一緒に買い物に行きましょう」

「そう？　ありがとう弥生ちゃん、助かるわ」

ということで、私はマオ君と悠人君を連れて、公園に向かうことになった。

外はまだまだ日差しが強く、太陽の光が降り注いでいる。

「俺、ブランコで遊ぶんだー」

悠人君は元気で、少し目を離すと遠くに走っていってしまおうとする。

「悠人君、待って待って、一緒に行こう」

気温が高いからか、公園にはほかには誰もいなかった。

子供たちは小さいけれど、エネルギーの塊みたいだ。私なんて、ちょっと外に出ただけで暑さでぐでぐでになってしまうのに。よく走り回る元気があるなあと感心してしまう。

悠人君は宣言通り、ブランコ目がけて走っていく。

「弥生姉ちゃーん、一緒に遊ばないの？」

「私はここで座って待ってるよ」

「ふーん」

マオ君も、いそいそと悠人君の後ろをついていった。

私は屋根のあるベンチに座り、ふたりを見守る。

「ふたりとも、ちゃんと帽子かぶってるんだよー」

ベンチの近くでは猫が寝っ転がっていたので、私はその猫の頭を撫でる。

「今日も暑いですね」

そう声をかけると、猫はにゃあとだるそうな声で鳴いた。

悠人君とマオ君は、一応ふたりで遊ぶようにはなったけれど、やはり無言だ。

今は無言でボールの投げあいっこをしている。

多分悠人君も普通に話したいという気持ちはあるけれど、猫の耳と尻尾を見たことが引っかかっているのだろう。

マオ君もそれが分かっているからか、なかなか踏み込めないようだ。

黙っているふたりの間を、ボールが行ったり来たりしている。

あれ、楽しいのかな……。

私はベンチに座っているうちに、いつの間にかうとうとしてしまった。

「悠人君っ！」

マオ君の必死な叫び声ではっとした私は、目を見開いた。

「なに……？」

遊具のそばで悠人君が立ちすくんでいる。

すぐ近くには白い動物がいた。

最初はいつものように、猫かと思った。

しかしその動物は、背丈は猫くらいだけれど、耳は真ん丸だ。そしてなにより、両手に鋭い鎌のようなものがあり、ギラリと光っている。

――かまいたちだ！

久しぶりにその姿を見て、驚いてベンチから立ち上がった。

かまいたちは、三匹でいつも一緒に行動しているあやかしだ。一匹目が風を起こして人間を転ばせ、二匹目が鎌で身体を切り、三匹目が傷口に薬を塗って治していくというう、なぜ君たちはそんなことをするの？と思わずつっこみたくなってしまうあやかしである。

そういえば子供の頃もこの島で見た記憶があるけれど、まだここにいたんだ。

鎌で切られても普通なら三匹目が薬を塗ってすぐに治してしまうので、かすり傷程度で済むはずだ。

しかし、なんだか様子がおかしい。

かまいたちは三匹で行動するはずなのに、ここにいるのは一匹だけ。しかも手に鎌がある……ということは、よりによって二匹目のかまいたちだ。

最近、子供たちに刃物で切ったようなケガが相次いでいるという話を思い出した。犯人はかまいたちだったのだ。なんらかの理由で一匹だけになってしまったから、ケガを治す役目の三匹目がいないんだ。

その上興奮している様子で、かまいたちは大きな鎌をもたげ、悠人君に襲いかかろうとしている。

悠人君は真っ青な顔でかまいたちを見ていた。

あやかしであるかまいたちが悠人君に見えるのは、予想外だった。理由は分からないが、彼も人より不思議なものを見る力が優れているか、子供だから波長が合うかのどちらかだろう。

「悠人君っ！」

彼を助けようと走ったけれど、この距離では間に合わない。

私が悠人君のもとに辿り着くより早く、小さな身体がばっと悠人君の前に飛び出した。

「ダメですっ！」

悠人君を守ろうとしたのは、マオ君だった。

「悠人君は僕の友達だから、やめてくださいっ！」

焦っているためか猫の耳と尻尾が出ているが、マオ君はかまいたちをにらみ、フーッと低い声で唸る。

悠人君は驚いた様子でマオ君を見上げた。

「マオ……」

マオ君に驚いたかまいたちは、焦った様子で後ずさりする。

「マオ君、悠人君、ケガはない!?」

私がふたりのもとへ行くと、マオ君はこくりと頷いた。

「また耳と尻尾が出ちゃいました……」

私はマオ君の頭を撫で、ぎゅっと抱きしめる。

「ううん、偉かったよ。必死に悠人君のことを、守ろうとしたんだよね」

私たちを見ていたかまいたちは、小さく震えながらこちらをにらんだ。ひどく怯《おび》えている様子だ。

正面から向かい合い、私はそのとき初めてかまいたちの後ろ足から血が出ているのを発見する。

「そうか、ケガをしてたから、ほかの二匹とはぐれちゃったのかな。もう大丈夫だよ」

私が手を伸ばすと、反射的に噛みつくような動作を取る。

隣にいたマオ君が、それを叱った。

「大丈夫です！　弥生はケガを治してくれるだけだから、じっとしているのです！」

「そうそう、少しじっとしてて。怖くないよ」

私は攻撃されないように再びゆっくりと手を伸ばし、ケガをしているところを治癒した。手の平に光が集まり、かまいたちの傷が癒えていく。

私はかまいたちをそっと抱き上げた。

「ほら、もう痛くないでしょう？」

かまいたちは不思議そうに真ん丸な目をして、足をパタパタと動かした。

それからお礼を言うように、きゅっと鳴き声をあげる。そしてぶわっと強い風を巻き上げ、ふわりと宙に浮き上がった。

「きゃっ」

砂埃《すなぼこり》が目に入りそうになって、思わず目を閉じる。

次に開いたときには、腕の中にいたかまいたちは空高くに飛んでいった。

「飛べるようになったから、これで仲間に会えるよね。よかった……」

かまいたちは最後にもう一度お礼を言うようにくるくると円を描いて、そのまま姿を消してしまった。

仲間と合流できれば、この島でケガをする人もいなくなるだろう。

清々しい気持ちになっていると、悠人君がおずおずと私に声をかける。

「あの……弥生姉ちゃん……」

私は彼のことを思い出し、はっとして言い訳しようとする。

かまいたちも、私がケガを治したのも、なによりマオ君の猫耳と尻尾も、完全に見られてしまったんだった！

背中を汗がつうっと流れ落ちる。

もう今までのように、なんとなくごまかすことはできないだろう。

マオ君はおろおろした様子で、ようやく出しっ放しだった灰色の耳と尻尾をしまう。

悠人君は怖い顔でマオ君に詰め寄った。

「さっき、変な生き物いたよな!?　あれなんだ!?　それにマオ、やっぱり尻尾生えてたよな？　動物の耳も出てたよな？　やっぱり、普通の人間じゃないよな!?」

私は悠人君に真剣な声で言う。

「あのね、悠人君。マオ君はね……半分猫さんなんだ」

「ね、こ……？」

彼はぽかんと口を開く。

当然の反応だ。突然そんなことを言われても、信じられないだろう。

「そう。さっきのかまいたちもだけど……この世界には、あやかしって生き物がいて、私たちと一緒に住んでいるんだ。大人には、あまり見えないんだけど」

「あやかし……」

「かまいたちみたいに動物っぽいあやかしもいれば、動物と人間のハーフだったり、神さまだったり、本当に色々いるんだけど」

悠人君は頭を抱えて悩んでいる。

「急にそんなこと言われても、分かんねぇよ」

「そうだよね。だけど、マオ君が猫さんだってことは秘密なんだ。だから悠人君にも、秘密にしてほしいの。なんでかっていうと……」

なんでかっていうと、もちろんマオ君を傷つけたくないからだけれど……悠人君は混乱しているし、このままでは誰かに話してしまいそうだ。

どうすればいいだろう……。

考えている私の目に、悠人君のTシャツの戦隊レッドのイラストが飛び込んできた。

「マオ君は、正義の味方だから！」

「えっ！」

「ほら、悠人君が好きなヒーローも、正体を秘密にしているでしょう？　だから、みんなに内緒にできるかな？」

そう言うと、やはり悠人君はぽかんとしている。

さすがに苦しい理由だろうか。

しかし数秒後、悠人君は興奮した様子で瞳を輝かせた。

「すっげー！　かっこいい！　そっか、マオは正義の味方だから秘密なのか！」

意外と大丈夫だった！　むしろ言った私のほうが衝撃を受けてしまう。子供って素直だ。

「分かった、俺、秘密は守る！」

悠人君は「俺も今日から仲間な」と言ってマオ君と指切りげんまんしている。

とりあえず、納得してくれてよかった。

私がほっとしていると、マオ君が真ん丸な瞳で私を見上げる。

「弥生……」

適当な理由にしちゃったから、怒ったのだろうか。

そう焦ると、マオ君も悠人君と同じように、キラキラ瞳を輝かせる。

「僕、正義の味方でしたか？」

「え？」

君まで信じちゃうの⁉

困惑したけれど、悠人君を助けたときのマオ君は、間違いなくかっこよかったし。

「うん、きっとそう、多分そうだよ！」

そう返事をすると、マオ君は嬉しそうにぴょんぴょん飛び跳ねた。

なんだか男の子って楽しそうでいいな……。


それから数分後、喜代さんが公園に迎えに来てくれたので、みんなで買い物をして、喜代さんの家でクレープを作ることになった。

私は悠人君とマオ君に作り方を説明する。

「まず、ボウルに卵を入れます。それから牛乳とホットケーキミックスを入れます。そうしたら、ダマがなくなるまで混ぜます」

悠人君は「うおおおおおお」と言いながらガシャガシャと泡立て器で生地を混ぜる。

「こら悠人、中身飛ばさないでよ」

「俺に任せろ！」

「あとは耐熱皿にラップを張って、スプーンで生地をのせて、レンジで温めたらできあがりです！　好きなフルーツや生クリームでデコレーションしてください」

喜代さんはクレープを作る子供たちを見てニコニコしている。

「簡単にできるのねー」

「はい、これならすぐ作れると思って」

全員分の生地が焼けたので、私たちはバナナやチョコレートソースでクレープにデコレーションすることになった。

破けたりいびつな形の生地もあるけれど、そこらへんはご愛敬だ。

「あ、そうだ、これものせたらかわいいかも」

そう言って喜代さんが持ってきたのは、この地域の伝統菓子だった。

「おいりですね。懐かしいな。おじいちゃんと食べたことがあります」

おいりは直径一センチくらいの真ん丸な形で、色は白や桃色、緑、紫、水色などカラフルだ。

あられの一種らしいけれど、口に入れた途端に溶けてしまうほどふんわりしていて、ほんのり甘い。

喜代さんは笑顔で言った。

「おいりって、〝炒る〟と〝嫁に入る〟が由来らしくて、結婚式の引き出物としてもよく使われるのよー」

「そうなんですね」

私はおいりをひとつ食べてみた。

ふわりと甘くて、懐かしい味がする。

秘密を共有したことと、一緒に料理をしたことで、マオ君と悠人君はすっかり打ち解けたようだ。

「さぁ、食べましょう食べましょう」

喜代さんに促され、全員で食卓につく。

悠人君はチョコレートソースで、自分のクレープにレッドの顔を描いて喜んでいる。

「僕も描きます」

悠人君の隣に座ったマオ君がソースを使おうとすると、悠人君が明るい声で言った。

「なぁ、マオのクレープ、俺が描いてもいいか!?」

マオ君はきょとんとした様子で、「いいですよ」と返事をする。

なにを描くのだろうと見守っていると、悠人君はマオ君のクレープに、〝ありがとう〟という文字を書いた。

マオ君は照れくさそうに微笑み、ふたりで仲良くクレープを食べる。

喜代さんは私に小さな声で言った。

「よかった、ふたりとも仲直りしたみたいね」

「はい、よかったです！」

その後も、ふたりは仲良く遊んでいた。

そろそろ帰ると言ったときは、まだ遊びたいとすねたくらいだ。

また遊ぶ約束をして、私とマオ君は家に戻った。

喜代さんが廉治さんへのお土産にどうぞとクレープを包んでくれたので、私はそれを廉治さんに渡した。

マオ君はぴょんぴょん跳ねてから、廉治さんの腰にしがみつく。

「お父さん、それ、僕が作りました！」

「お、そうなのか」

クレープをかじった廉治さんは、大げさに叫んだ。

「うわあああ、うますぎる！　世界一うまいな！」

その様子を見たマオ君は、ケラケラと声をたてて笑った。

マオ君は廉治さんに抱きつきながら話す。

「悠人君と仲直りできました！　明日から、毎日一緒に遊ぼうって言われました！」

「お、よかったな」

廉治さんは私たちに向かって微笑んだ。

「そうか、もう夏休みか。三人でいろんな場所に出かけような」

「うん！」

廉治さんとマオ君と、どんなところに行けるだろうか。

きっとふたりと一緒なら、どこだって楽しい。

三人で過ごす初めての夏休みだ。なにをしようかと考えるだけで、思わず顔がほころんだ。

五話　先生と海の送り火

「弥生、今日も僕、先生に会ってきます！」

私はお弁当の入ったリュックを背負い、楽しそうに駆け出していくマオ君の背中を見送る。

「行ってらっしゃい……」

マオ君が出ていってから、私は居間でのんびりお茶を飲んでいた廉治さんに声をかけた。

「廉治さん」

「ん？」

「先生って、誰でしょう？」

「なんだ、弥生も知らないのか？」

私たちは不思議に思いながら顔を見合わせる。

幼稚園が夏休みに入ってから、マオ君は毎日のようにお隣の悠人君と遊んでいた。

やがて八月になり、悠人君の家族は本土にある実家に帰省している。

悠人君と遊べなくなって、マオ君は最初しゅんとした様子だったけれど、数日前から〝先生〟の家に通いだしたらしく、とても楽しそうだ。

私は居間で洗濯物を畳みながら言った。

「本当に誰かのおうちにお邪魔してるんなら、一度ご挨拶したほうがいいよね？」

「まぁな。この島の人間なら、たいてい顔見知りだけど。ただ、先生なぁ……」

私が先生と言われて一番に思い浮かぶのは、園長先生だ。廉治さんとも付き合いの長い狐のあやかしで、いつものらりくらりとした、つかみどころのない雰囲気の人。

しかしマオ君に聞いたところ、先生は園長先生でも、幼稚園のほかの先生のことでもないらしい。

小学校や中学校もあるから、そこの先生だろうかと考えたけれど、そういう感じでもなさそうだし。

それ以外に先生と呼ばれているのは、ほかでもない廉治さんだったりする。島の人たちからすると、廉治さんは書道の先生だ。

廉治さんはにやぁっと悪戯を考える子供みたいに笑って、私の腕をつついた。

「暇だし、マオの後をつけてみるか？」

「えっ!?　それはさすがにマオ君に悪いんじゃ……」

「いやいや、子供を見守るのは親の役目だぜ？」

廉治さん、絶対おもしろがってるだけだと思う。とはいえ、私もマオ君がどこに行っているのか気になるのは事実だ。

私は数秒悩んだ後に言った。

「なにか手土産とか、持っていったほうがいいかな？」

「そんなに気にしなくてもいいんじゃないか？」

というわけで、私と廉治さんはふたりでマオ君のことをこっそりつけることにした。

マオ君は家から坂道を下り、島の船着き場まで向かい、それから家から反対方向にある坂道へと、ぐるりと歩く。

私と廉治さんはマオ君に見つからないように、こそこそと物陰に隠れながら進んでいく。

「こっちのほうって、私あんまり来たことないなぁ」

「俺もだな。というか、家の近くしか散歩しないしな」

今日も太陽は夏真っ盛りという感じで、ジリジリと島を照りつけている。

マオ君の足取りは軽く、ぴょんぴょんと跳ねるように道を進んでいく。

一方、大人たちは体力がない。

「暑いのに元気だなぁ、マオ君」

「昔は夏って、もうちょっと涼しかった気がするんだが」

「なんだかどんどん暑くなってる感じがするよね」

二十分ほど歩き、やがてマオ君が到着したのは、築五十年以上は経っていると思われる、古い木造の家だった。

家の周囲に木が生い茂り、その影になっているせいか薄暗く、お化けが出そうな雰囲気だな、なんて考えてしまった。

「ずいぶん歴史のある建物ですね」

それを見た廉治さんは、心当たりがあるようにつぶやいた。

「この家はたしか……」

マオ君は慣れた様子で門をくぐり、縁側に回り、元気のいい大きな声で叫んだ。

「先生、いますかー?」

私と廉治さんは、先生の姿を見ようと、物陰から身を乗り出す。

しかし家の周りには塀があり、中がよく見えない。

「廉治さん、見えますか?」

「いや、塀の角度のせいであんまり見えないな」

マオ君は縁側で誰かと話しているようだ。相手の声はよく聞こえない。

一体こんな場所で、誰と会っているんだろう?

「ちょっと廉治さん、押さないでよ」

「いっそ弥生、そこの隙間から見えないか?」

「いやいや、さすがに無理だよ」

気になった私たちが騒いでいると。

「お父さんと弥生……どうしてそこにいるんですか？」

マオ君に、あっさり見つかってしまった。

非常に間が悪いけれど、結局私と廉治さんもその家の縁側にお邪魔して、腰かけさせてもらう。

「勝手に入っていいのかな？」

そう問うと、廉治さんは頷いた。

「この家は、もう空き家のはずだ。少し前までは、静子《しずこ》さんっていうおばあさんがひとりで住んでたんだけど。静子さんが亡くなってからは、誰もいないんじゃないか？」

私は縁側で寝転んでいる猫を見ながら言った。

「じゃあ、ここに住んでいるのは〝先生〟だけなんだ。先生って、この猫さんのことだったのね」

マオ君はニコニコと天使のような笑顔で返事をする。

「はい！　シロ先生です！」

マオ君の隣で、真っ白な猫が水を飲んでいた。

どうやらこの猫が、〝先生〟の正体だったようだ。

一目見ただけで、ずいぶん歳をとった猫だと分かった。痩せていて、毛にもあまり艶がない。もわもわと広がった毛は、まるでサンタクロースのひげみたいだ。

「この間、悠人君とボール遊びをしたときに、このおうちを発見したんです。それで、先生と会いました」

「こんな遠くまで遊びに来てたんだ。でも、なんで先生なの？」

マオ君は嬉しそうな声で続けた。

「先生は、なんでも知ってるんです！　小さな頃からこの家に住んでいて、島のことを見守ってきたんです！」

そうか、マオ君は猫と話すことができるんだ。それを思い出した私は、やはりマオ君が羨ましくなった。

廉治さんが「俺だって島のことならなんでも知ってるし、ずっと見守ってきたぞ」とぼそりとつぶやくのを聞き逃さなかった。

先生に嫉妬しているのかしら。

シロさんは、マオ君に一体どんなことを教えてくれたのだろう。

「ありがとうございます、シロさん。いつもマオ君とお話ししてくれて」

私がそう声をかけると、シロさんはまるでそれを理解しているように、しわがれた声でにゃあー、と長く鳴いた。

猫だけれど、先生からは長寿の風格のようなものが漂っている。つい〝亀の甲より年の功〟ということわざを思い出した。

「マオ君は最近毎日、シロさんに会いに来てたのね」

「はい！」

そんなことを話していると、突然大きな怒鳴り声が聞こえてきた。

「こら、またそこに入ってるのか、悪ガキが！　もうここには来るなと言っただろ！」

突然叱りつけられ、びくっと肩が跳ねる。

声の主は、八十歳くらいの小柄なおじいさんだった。彼はしっかりとした足取りで、私たちの目の前まで歩いてくる。

私と廉治さんがいるのを見て、もともと気難しそうな顔をよりいっそうしかめた。

「おや、あんたたちは……」

廉治さんは朗らかな様子で頭を下げる。

「どうも、お久しぶりです、沖田《おきた》さん」

沖田さんと言われたそのおじいさんは、憤慨した様子で手に持っていた箒を地面に打ちつける。掃除をするつもりだったのだろうか。

「この坊主、成瀬先生のところの子か」

「あはは、そうなんですよ。マオがなにかご迷惑をおかけしましたか？」

「何度も言ってるんだ！　ここには来るなって！」

そう言われたマオ君は、むっとした様子で口を尖らせる。

「どうしてあなたにそんなことを言われないといけないんですか？　先生は、僕が来てもいいって言ってます！」

沖田さんは、ふんと鼻を鳴らす。

「猫の言葉が分かるとでも言うのか？　くだらん。とにかく、親なら、あんたらからも言ってくれ。もうここには来るなってな！」

すごい剣幕だ。

廉治さんはマオ君の頭を撫で、彼の手を取った。

「マオ、とりあえず今日のところは帰るか？」

「えー……まだ来たばかりです」

マオ君は納得がいかなそうだったが、しぶしぶ廉治さんと手をつなぎ、帰宅することにしたようだ。

私が沖田さんに頭を下げると、彼は怒った様子で自分の家に入ってしまう。どうやら、この家の隣に住んでいるようだ。

帰り道、マオ君は手足をジタバタさせて、全身で怒りを表現した。

「あのおじいさん、いつも僕が先生と話していると、怒ってくるんです！　意地悪じいさんです！」

「こらこらマオ君、そんなこと言っちゃいけないよ」

私は苦笑しながらマオ君をなだめた。

とはいえ、たしかに沖田さんは、どうしてマオ君があの家にいることを怒るんだろう？　たしかに人の家に勝手に入るのは褒められたことではないけれど、悪戯しているわけでもないし、空き家ならちょっとくらいはいいんじゃないかなと思うけれど。古い家だからだろうか。危ないから？　それともただ単に子供が嫌いなのか。前の家の持ち主……静子さんと親しかったのだろうか？

廉治さんはマオ君の気を紛らわすように言った。

「まぁマオ、いいじゃないか。気持ちを切り替えて、今日もお父さんのお手伝いしてくれるか？」

そう言われたマオ君は、パッと顔を輝かせ、元気よく挙手する。

「はいっ、僕、お父さんのお手伝い、やります！」

廉治さんはここ数日、お盆へ向けての準備で色々と忙しい。

今は、この島の慣習である『海の送り火』の作業をしているところだ。

海岸沿いに、百メートル以上にもわたって百箇所以上の大きな穴を掘り、そこに乾燥した松の葉や枝で作った松明を並べるのだ。

これがなかなかに重労働で、この時期になると、島の人は総出で準備するらしい。

私もここ数日、廉治さんと一緒に砂浜に大きな穴をいくつも掘った。

送り火の準備は有志の人が行っているけれど、今まで顔を合わせたことがない島の若い人もたくさんいて、新鮮だった。

廉治さんはこの島にある神社の持ち主なので――というか島の人は知らないけれど、神さま本人なので、こういう行事では駆り出されることが多いそうな。

そうでなくても島に若い男の人が少ないこともあって、よく力仕事を任されるらしい。

廉治さんもこの島に住むようになって日が浅いはずだけれど、人を惹きつける雰囲気のせいか、人望があるみたいだ。島の人はなにか困ったことがあると、こぞって廉治さんに相談している。それもあって、廉治さんはいつの間にかこの行事のリーダーのような存在になっていた。

「日も暮れてきたし、今日の作業はここまでにしましょう」

廉治さんが声をかけると、島の人たちは互いに挨拶をして、家に帰っていく。

私は夕暮れの太陽に照らされた海を見つめながら、砂浜を歩いた。

「今日はみんな、いっぱい働いたねー」

私が声をかけると、廉治さんは大きく腕を回した。

「最近は、ずっと家にこもっての仕事ばっかりだったからな。久しぶりに身体を動かすと、しんどいよ」

廉治さんの隣でずっと一生懸命枝を運んでいたマオ君も、さすがに疲れた顔をしている。

私たちは三人で手をつないで、家に向かって歩いた。マオ君は疲れたせいか、眠そうな様子だ。

「マオ、おんぶしてやろうか？」

「はい……」

マオ君はむにゃむにゃと言いながら、廉治さんに向かって両手を伸ばす。

廉治さんにおんぶされ、安心しきった表情でまどろんでいる。

ふたりの姿が微笑ましくて、口元が緩む。

マオ君が眠そうな声でつぶやいた。

「お父さん、送り火ってなんですか？」

「ん、知らないでやってたのか。お盆になるとな、亡くなった人の魂が現世に帰ってくるって言われてるんだ。だから先祖の人やこの島で亡くなった人が帰ってくるときの目印が迎え火、で、その魂たちを見送るのが送り火だ」

「へぇ……魂が、帰ってくるんですか……」

うとうとしながらそう言ったマオ君は、そのまま眠ってしまった。

翌日の朝になると、マオ君は麦わら帽をかぶり、元気よく言った。

「今日も先生に会ってきます！」

「うーん……」

シロさんに会うこと自体は、まったく反対ではないのだけれど。

お隣に住む沖田さんに怒られたことを思い出し、少し躊躇《ちゅうちょ》する。

「廉治さん、どう思う？　また怒られるかな？」

居間で眠そうにしていた廉治さんは、首をひねって言った。

「別にあのじいさんも、悪い人じゃないと思うんだけどな。今日は三人で行くか？」

「お前たち、また来とるのか」

隣家から顔を覗かせた沖田さんは、静子さんの家の縁側で座っている私たちを見て呆れた声を出した。

「どうもこんにちは」

私がびくびくしながら挨拶をすると、彼はぶつぶつ文句を言う。

「まったく、何度も来るなと言っておるのに」

そう言って彼はわざわざ静子さんの家の前までやってきて、箒で掃き掃除を始める。

とはいえ、昨日よりはほんの少しだけ雰囲気が柔らかく感じられる。

マオ君は沖田さんのことを気にせず、尊敬を込めた眼差しでシロさんを眺めた。

シロさんは、縁側ですやすやと眠っている。マオ君の話だと、一日のほとんどを眠って過ごしているらしい。高齢の猫だから、そういうものなのかもしれない。

動かずに縁側で眠り続けているシロさんは、まるで置物のようだ。

シロさんはたまに起きているとき、ぽつぽつと昔の思い出を話してくれるらしい。

初めて静子さんと出会ったときのこと、静子さんを危険なカラスから守ったことなど、いろんな武勇伝があるとか。

マオ君いわく、それがとってもかっこいいのだとか。それを聞いた私は、やっぱり猫と会話できるマオ君が羨ましくなった。

数時間シロさんを眺め、マオ君が満足したところで、私たちは昼食を食べに家に帰ることにした。

「さようなら」

一応帰り際、隣家の玄関先にいた沖田さんに声をかけると、彼は腕を組んで、ふんと息を荒く吐いた。

「もう来るなよ」

うーん、やっぱり厳しい対応。

帰り道、マオ君は頬を膨らませて怒った様子だった。

「沖田さん、やっぱり意地悪です！」

顔を見ると、文句しか言われないしなぁ。

「でも私、気づいたんだけど、シロさんのお世話をしてるのって、多分沖田さんだよね？」

そう話すと、マオ君はきょとんとして大きな瞳をこちらに向けた。

「そうなのですか？」

廉治さんが答える。

「そうだと思うよ。皿に残っていたエサも高齢の猫が食べやすいものだったし、沖田さんが置いてるんだろう」

それを知ったマオ君は、複雑な表情になる。

私はマオ君にたずねた。

「シロさんは、沖田さんのことをなにか言ってなかった？」

「少し血の気が多いけど、悪い人間じゃないよ、って言ってました」

なるほど、たしかにその通りかもしれない。

「でも、そうなのですか……。沖田さん、先生には優しいのですね。だとしたら、沖田さんは意地悪じゃなくていい人ですか？」

私は苦笑しながら言った。

「少なくとも、猫は好きなんじゃないかな」

「子供が嫌いですか？」

「うーん、どうかな？」

なんとなくだけれど、本心から子供が嫌いとか、憎んでるなんていう風には見えなかった。それに私は、猫好きに悪い人はいないんじゃないかって思ってしまう。さすがに楽観的すぎる考えかなぁ。

それから私たち三人は昼ご飯を食べ、夕方までは海沿いで送り火の準備をした。

次の日は、またマオ君と一緒にシロさんの様子を見に行く。

夏休みはしばらく、そんな日を繰り返した。


「おはよう沖田さん、今日も元気そうだな！」

すっかり顔なじみになった廉治さんはカラカラと笑い、元気よく声をかける。

沖田さんはやれやれといった様子で私たちをにらんだ。

「まったく、来るな来るなと言っとるのに、毎日来るんだからな」

私と廉治さんとマオ君が縁側に座っていると、今日は珍しく、沖田さんもこちらに歩いてきて、一緒に縁側に腰かけた。

そして静子さんの家を眺めながら、ぽつぽつとしゃべりだした。

「この家も、ずいぶんボロボロになったな。もともと古い家だが、静子さんがいた頃はいつも綺麗にしとったのにな。やっぱり家は、人が住まなくなるとすぐ傷む」

私は沖田さんに問いかけた。

「このおうち、どなたかが住んだりしないんですか？」

「古い家だからな。そのうち静子さんの家族が取り壊すんじゃないか？　本土に住んでるから、手続きやなんやでしばらく時間がかかるんだろう」

「そっか、なくなっちゃうんだ。それは寂しいですね……」

静子さんは、旦那さんを亡くしてからずっとこの家でひとりで——いや、シロさんとふたりで暮らしていたらしい。

しかし昨年の冬、風邪をこじらせて、そのまま亡くなってしまったそうだ。

「シロさんのお世話をしているの、沖田さんですよね？」

そう問いかけると、彼はふんと息を吐いた。

「そうだ。静子さんに、自分にもしものことがあったら、シロのことを頼むと言われとったからな」

私はそれを聞いて、小さく笑った。やはり優しい人なのだ。

「シロはな、子猫のときに静子さんが拾ったんだ。この島では自由に暮らしている島猫も多いが、シロは生まれつき足が悪いのか、最初はうまく歩けなくてな。静子さんが面倒を見て、だいぶよくなったんだが。そのうち出ていくかと思ったら、そのまま静子さんの家に住み着いた。今では静子さんがいなくなった後も、この家から離れようとしない」

マオ君はシロさんを眺めながら言った。

「先生は、静子さんのことが大好きだったって言ってました」

沖田さんは昔を懐かしむように目を細める。

「静子さんは、シロを自分の子供のようにかわいがってたからな。もうこの家で、二十年近く生きとるんじゃないか？」

廉治さんは感心した様子で言う。

「ってことは、人間の年齢にすると百歳近くだ。すごいな」

シロさんは人間のことなどおかまいなしという感じで、すやすやと眠っている。

静子さんの家を出るとき、沖田さんは今日も「もう来るなよ」と言った。

私にはその理由が分かった気がして、少し悲しい気持ちになる。

その日の夕方、やっと送り火の準備が完成した。島の人々は諸手をあげて喜んだ。大勢でひとつの行事の準備をしたのなんて、学生時代の文化祭以来かもしれない。大変だけれど、楽しい時間だった。

男性陣は祝杯をあげていて、廉治さんは島の人たちに囲まれて楽しそうにお酒を飲んでいた。

あとは送り盆の当日に、火を焚《た》くだけだ。

帰宅してから私とマオ君は、家でキュウリとナスと割り箸を使い、牛と馬を作った。お盆の風物詩としてよく写真は見るけれど、実際に作ったのは初めてだ。

マオ君は割り箸をくるくると指で回しながら、不思議そうにたずねる。

「弥生、どうしてキュウリとナスなんですか?」

「これ、精霊馬《しょうりょううま》っていうんだって。ご先祖さまの乗り物らしいよ。こっちに来るときは足の速いキュウリの馬で、帰るときはゆっくり景色を眺めながら帰ってもらいたいから、足の遅いナスの牛なんだって」

そう説明すると、マオ君は楽しそうに声をたてて笑う。

「これに乗って、ご先祖さまが帰ってくるんですね」

「うん、そうみたい。野菜に乗るのを想像すると、ちょっとおもしろいよね」

マオ君は優しく目を細めて精霊馬を撫でる。

「お母さんも、この馬に乗って帰ってきますか？」

私はその言葉にはっとした。

そうだ、マオ君のお母さんは、もういないんだ。

私はマオ君をぎゅっと抱きしめて言った。

「そうだね、きっと帰ってくるよ」

それを聞いたマオ君は、ほっとしたように目を細める。

普段はあまり口にしないけれど、やっぱりお母さんがいないことが寂しいのだろう。

マオ君が寂しいとき、せめて近くで手を握ってあげられるといいな。


夜の十時過ぎになると、島に大粒の雨が降った。雨の粒が、地面の色を一瞬で染めていく。

私は縁側に立ち、家の戸締まりをしながら、だんだん強くなる雨を眺めてつぶやいた。

「廉治さん、送り火の松明《たいまつ》、大丈夫かな？」

隣に並んだ廉治さんは難しい顔をする。

「うーん、一応ビニールシートをかぶせてとめてあるから平気かと思うが、枝や葉が湿気ちまうかもなぁ」

　後ろからぐいぐいと服を引っ張られ、驚いて振り返ると、廊下にマオ君が立っていた。てっきり先に眠ったものだと思っていたので、私は息をのむ。

「マオ君、どうしたの？　もう寝る時間だよ」

　マオ君は焦った様子で私たちに言った。

「先生、大丈夫ですか!?　先生が心配です！」

　そう言われ、あの古い家とシロさんのことを思い出す。

「たしかに……」

　シロさんは、いつも静子さんの家の縁側に座って寝ている。

　うちもそうだけど、普通の家なら縁側には雨よけがついているはずだ。けれど、静子さんの家は今は誰も住んでいないから、開けっ放しになっているかもしれない。

　家の中に入れれば、さすがに雨と風はしのげるはずだけれど……。

「先生が心配です！　様子を見に行きたいです！」

　マオ君は不安そうに訴え、その場で足踏みをする。

　廉治さんは少し悩んだ後、マオ君の目を見つめ、彼の頭を撫でた。

「分かった、じゃあお父さんが見てくるから、マオは先に寝てな」

「ありがとう、廉治さん。私とマオ君はお留守番していようか？」

マオ君はぶんぶんと首を横に振った。

「僕も一緒に行きたいです！」

私と廉治さんはどうしようかと顔を見合わせたが、マオ君を残していっても、きっとシロさんの無事が分かるまでは心配で眠れないだろう。

私もシロさんのことは気がかりだし……。

考えた結果、三人でシロさんの様子を見に行くことにした。

雨はあっという間に強くなり、蛇口をひねったように空から降り注ぐ。

三人ともカッパを着て家を出たけれど、横殴りの雨と強い風に、すぐに役に立たなくなり、びしょ濡れになった。

「うわぁ、これはもう一回お風呂に入らないとダメだね」

靴に水が入ってぐしゃぐしゃになるのを気持ち悪いと思いながら歩みを進めたけれど、マオ君はシロさんのことが心配で、ほかのことは頭にないようだ。

「ほら、急ぐぞ」

廉治さんはマオ君を抱えて、シロさんの家まで歩調を早めた。

「先生！　どこにいますか⁉」

マオ君は静子さんの家に到着すると、いつものように縁側に上がって身を乗り出した。

古い家は、強風に煽《あお》られてガタガタと揺れていた。縁側は開きっ放しで、雨が家の中まで吹き込んでいる。

「先生、大丈夫ですかー？」

私たちも一緒にシロさんの姿を探すけれど、近くには見当たらない。

「奥にいるのかな？」

マオ君は声を張り上げて叫んだ。

「せんせーい！　どこにいますか？　大丈夫ですかー？」

廉治さんは私たちに向かって言った。

「きっと沖田さんの家にいる」

私たちが騒いでいる声が聞こえたのか、タイミングよく隣の家の扉がガラガラと開いた。

「あんたら、こんな天気なのに来とったのか！」

マオ君は静子さんの家を飛び出し、沖田さんに駆け寄って、必死にたずねた。

「先生はいますか!?」

「もう来るなと言っただろう」

「先生はいますかっ!?」

沖田さんはぶすっとした表情で頷いた。

「大丈夫だ、家で眠っとる」

それを聞いたマオ君は、ほっとした様子で胸を撫で下ろした。

「よかったです、沖田さんのおうちにいたんですね。ありがとうございます」

私は沖田さんに頭を下げた。

「遅い時間にすみませんでした」

廉治さんはマオ君を抱きかかえ、沖田さんに会釈する。

「ほらマオ、今日は帰るぞ。明日になったら、もう一度様子を見に来よう」

「うん！」

私も廉治さんについていこうとすると、沖田さんに呼び止められる。

「なぁ、あんた」

「はい？」

ひどい風と雨で、視界が悪い。

沖田さんは、苦虫を噛みつぶしたような渋い顔をしていた。

その表情が本当に悲しそうで、胸をつかれたような気持ちになる。

「あの子に言ってくれ。もうシロのことは気にするなと」

私は驚いて沖田さんを見つめる。

「あの、いつもご迷惑をおかけして、本当に申し訳ありません。だけど、マオ君はシロさんのことを……」

沖田さんは首を横に振った。

「わしの迷惑なんぞ、どうでもいいんだ。……シロはな、もうほとんど目が見えとらん」

「……え？」

「それに、ほとんど動くこともできん。最近は、ずっと眠ってばかりだろう。エサも全然食べない」

私はその言葉の意味を悟り、ぎゅっと唇を噛みしめる。

こんなに風が強いのに、まるですべての音が消えたみたいに、暗闇に突き落とされたような気がした。

「前に念のため、病院にも連れていった。だがな、歳だから……長くはもたん。おそらく、あと数日じゃないかと思う」

「そんな……」

「だから言っただろう。ここにはもう来るなって」

沖田さんはそう言って、家の扉を閉める。

私は彼がいなくなった後も、しばらくその場に呆然と立ち尽くしていた。

「おーい弥生、どうした？　なにかあったか？」

「ううん、なんでもない」

廉治さんに呼ばれ、はっとして駆け寄る。

家に帰る道を辿りながらも、私の頭の中はさっき言われた言葉でいっぱいだった。

激しい雨に打たれ、強風に煽られながら考える。

私も本当は、薄々気が付いていた。

猫の寿命は通常十五年ほどと言われているが、シロさんはそれより長く生きている。

沖田さんがマオ君に何度も来るなと言ったのは、決して意地悪だったわけじゃない。

マオ君がシロさんと親しくなればなるほど、そう遠くない先にあるシロさんの死に、マオ君は深く悲しむだろう。

沖田さんは、マオ君を悲しませたくなかったのだ。

私はそのことをマオ君にどう伝えていいのか分からず、雨に打たれながらふたりの背中を眺めていた。

家に帰ってシャワーを浴びてから、マオ君はすぐに眠ってしまった。

私は廉治さんの部屋で、沖田さんに言われたことを伝える。

「シロさんね、もう、長く生きられないんじゃないかって……」

廉治さんは畳の上に座りながら、「そうか」とつぶやいた。彼も、薄々気が付いていたのだろう。

「私、どうしていいのか分からなくて……」

そう言うと、廉治さんは私の手を取って言った。

「マオの気が済むようにさせてやろうか。俺たちがもうシロに会いに行くのはやめろと言っても、きっとマオは納得しないよ。シロの死期が近いなら、なおさらだ」

「そうだよね。だけど……マオ君が、つらい思いをするのは……」

それを聞いた廉治さんは、優しく目を細めた。

「大丈夫だ。あいつは強い子だから。むしろ、俺は弥生のほうが心配だよ」

私は知らないうちに、自分の目に涙が浮かんでいるのに気づいた。

「私はもう、大人だから」

「大人だからって、別れが悲しくないわけじゃないだろう」

そう言ってから、廉治さんは私をぎゅっと抱きしめた。

「無理するなよ」

「……うん」

彼の腕に包まれて、私は静かに目を閉じた。

翌朝私は、マオ君が懸命になにかを頼んでいる声で目が覚めた。

声の聞こえてくる居間に行くと、椅子に腰かけている廉治さんに向かって、マオ君が必死に叫んでいた。

「お父さん、お願いです！」

何事だろうと驚いた私は、黙ってふたりの様子を見守る。

こんなに必死になるマオ君を見るのは、初めてだ。

「シロ先生を、うちの猫さんにしてください！　お願いします！」

その言葉にはっとした。

廉治さんは、静かにマオ君の言葉に耳を傾けている。

「僕、お手伝いもなんでもやります！　今までよりいっぱい頑張ります！」

私が立っているのに気が付いたマオ君は、こちらに向かって叫んだ。

「お願いです、弥生も一緒に頼んでください！」

「マオ君……」

私はどうすればいいのか分からず、困惑することしかできなかった。

「先生、あの家にいると、これからもきっと危ないことがあります！　台風とか、雨とか……おうちが古くて、崩れるかもしれません。それに、そのうち静子さんの家族が、取り壊すって言ってました！　そうしたら、先生のおうちなくなっちゃいます！

だから、この家で一緒に暮らしたいです。お父さん、お願いします！」

私は昨日の、雨が吹き込み、雨漏りもしていた静子さんの家を思い返す。

マオ君の考えは、十分に理解できた。なんの事情もなければ、私もきっとマオ君に賛同していただろう。

――だけど。

沖田さんのつらそうな表情を思い出し、胸が痛んだ。

沖田さんは、シロさんの寿命があと数日ではないかと言った。

だとしたらシロさんにとって、最善はなんだろう？

なにが正解なのか、私には分からない。

廉治さんはマオ君をなだめるように、低い声で言う。

「シロは、あの家で暮らすのが一番幸せだと思うぞ」

「でも……！」

「シロはかなり歳をとっている。一緒に暮らすのは、すごく大変なんだ。家族が身の周りの面倒を、すべて看なければならない。シロは歩くことも困難だろう。病気になって、たくさん苦しむかもしれない。一度飼い主になれば、もう投げ出すことはできない。マオには、その覚悟はあるか？」

マオ君はまっすぐに廉治さんを見つめ返し、ハッキリとした声で返事をする。

「はいっ！」

マオ君の決意は、最初から揺るぎないものだったようだ。

私は昔、捨てられている猫を拾いたいと言って泣きじゃくったことを思い出した。

マオ君はそのときの私より、ずいぶんしっかりしている。

その言葉を聞いた廉治さんは小さく溜め息をついて、彼の頭をぽんぽんと撫でた。

「……分かった。いいよ」

マオ君は信じられないというように目を見開き、それから歓声をあげる。

「本当ですか!?」

マオ君の頭から久しぶりにぴょこんと猫の耳が飛び出し、尻尾がピンと立つ。

「ありがとうございます、お父さん！」

「あぁ、シロを迎えに行こう。ただし、シロの意見が一番だからな。マオが、きちんとシロに話をしてくれ。シロが嫌がったら、諦めるんだぞ」

「はいっ！」

私は嬉しそうなマオ君の姿に、きっとこれでよかったのだろうと、薄く微笑んだ。

マオ君は、猫と話すことができる。

シロさんに聞いて、シロさんが一緒に来たいと言えば、この家で暮らせばいいし、静子さんの家がいいのなら、今までのようにシロさんのことを見守ろう。

私たち三人は、すっかり歩き慣れた道を辿った。

昇り立ての朝陽が、島を眩しく照らしていた。日差しをキラキラと反射している海は、見ているだけで心が洗われるほどに美しい。

静子さんの家に入ると、シロさんはいつものように縁側で丸くなっていた。沖田さんの家から戻ってきていたのだ。やはりシロさんは、縁側にいる姿がよく似合う。

「先生！　おはようございます。僕、今日は先生に大切なお話があるんです！」

私と廉治さんは、マオ君の後ろから彼らの様子を見守る。

シロさんは、穏やかな顔つきで目を閉じている。

いつもはマオ君が来れば、薄く目を開いて、マオ君のことを確認するけれど、今日はなかなか起きる気配はない。

「先生、僕、お父さんとお話ししたんです。えっと……、ごめんなさい、今は眠いですか？」

マオ君は、何度もシロさんに声をかけ続ける。……だが、やはりシロさんが目を覚ます様子はない。

わくわくした表情で話していたマオ君から、ふっと笑顔が消えた。マオ君は不安そうに眉を寄せ、そっとシロさんの体に触れた。

「……先生？」

私と廉治さんも、すぐに異変に気がついた。

「……マオ」

廉治さんが声をかけるが、マオ君は必死にシロさんに呼びかける。

「先生！　起きてください！　僕、迎えに来たんです！」

シロさんは、それでも決して目を覚まさなかった。

――穏やかな表情で、安らかに眠るように、シロさんは、息を引き取っていた。

「先生!?　どうしてですか……!?」

本当に、ただ眠っているようだった。けれど、なぜだろう。私と廉治さんには、それでももうシロさんの心臓が動いていないことが、たしかに感じ取れた。

きっとマオ君も同じだったのだろう。けれど自分が声をかけ続ければ、すべてがなかったことになると思っているかのように、諦めずに、何度も何度もシロさんに呼びかける。

「先生、起きてくださいっ……！　せんせぇ……！」

悲痛な叫び声が響き、私は自分の瞳に涙が滲んでいることに気が付いた。

「マオ」

廉治さんが彼を止めようとするが、マオ君は意地になったようにそれを振り切り、私に向かって叫んだ。

「そうだ……弥生、どうかシロ先生を助けてください！」

「マオ君」

マオ君の大きな瞳に、涙の膜が張る。

「弥生は、ケガを治すことができますよね!?　僕のケガを治してくれましたよね!?　かまいたちのケガも、治してました。猫のケガも、治せますよね!?　だからシロ先生も、助けられますよね!?」

「マオ君……」

マオ君は私の足にしがみついた。

「お願いです、弥生、先生を助けてください！」

私はぎゅっと目を瞑り、首を横に振る。

「ごめんねマオ君、できないの」

すっと息を吸って、震える声で言う。

「私は死んでしまった命をよみがえらせることは、できないの……」

それを聞いたマオ君は一瞬表情をなくし、大声で泣き叫んだ。

「うわああああああ」

私はマオ君をぎゅっと抱きしめた。

自分の瞳からも、ぽろぽろと涙が流れ落ちる。

廉治さんは落ち着いた声でマオ君を諭した。まるで最初から、こうなると分かっていたように。

「マオ。シロに、さよならしよう」

「嫌ですっ！　さよならなんてしません！」

「見送ってやれ」

「嫌です！　さよならなんてしません！　先生とずっと一緒にいます！」

後ろでじゃりっと砂の音がして、振り返る。

マオ君の泣き叫ぶ声が聞こえたのか、いつの間にか、沖田さんが佇《たたず》んでいた。

「……逝《い》ってしまったか」

「沖田さん」

沖田さんは、シロさんのそばに腰を下ろした。

「今日の朝起きたときは、まだ元気だったんだ。でも、どうしても静子さんの家に帰りたがってな。シロもおそらく、自分の寿命が分かっておったんだろう」

猫は自分の死期を悟ったとき、飼い主の前から姿を消すという。

けれどシロさんにとって、終わりを迎えたい場所は、静子さんとの思い出が詰まっているこの家だったのだろう。

沖田さんはしわだらけの手で慈しむように、ゆっくりとシロさんの体を撫でた。

「今までよく頑張ったな、シロ」

その姿を見たマオ君は、泣きながら言った。

「先生、話してました。ずっと、静子さんと一緒だったって。静子さんが、大好きだったって。静子さんがいなくなってから、寂しくて仕方なかったって。僕じゃ……僕じゃ、ダメだって、静子さんの代わりにはなれないって、最初から、分かってたんです」

マオ君は深く悲しみながら、やがてシロさんと別れる決意をしたようだ。

泣いて泣いて、涙を流しつくし、お別れを済ませた後。

廉治さんは暗い表情で沖田さんに問いかけた。

「シロの死体はどうしますか？」

「ペット用の火葬業者もあるが、静子さんの家が好きな猫だった。静子さんの家で眠らせてやるのが、一番いいだろう」

廉治さんは頷いて、沖田さんに問いかけた。

「スコップとかありますか？　俺、穴を掘りますよ」

廉治さんは沖田さんに道具を借り、静子さんの家の庭に、深く深く穴を掘った。

私たちはその穴の中に、シロさんの体をそっと横たわらせる。

その様子を見て、マオ君はまたぽろぽろと涙を流す。

「さよなら、先生」

私たちは並んで両手を合わせた。

どうか、シロさんの魂が安らかに眠れますように。ただそう願うしかなかった。

やがて埋葬が終わると、沖田さんは私たちに頭を下げた。

「色々世話になったな。こうやって土に還したら、シロも静子さんのところに行けるだろう。ありがとうな」

「いえ……」

きっと沖田さんにとっても、シロさんは、家族のような存在だったに違いない。

すぐには無理でも、年月を重ねて、沖田さんの悲しみが癒えるといい。そう思った。

私たちは挨拶をして、帰宅することにした。

マオ君は廉冶さんの腕に抱かれ、家に帰るまでの間、ずっとしくしくと泣きじゃくっていた。


シロさんが亡くなった翌日の夜。

「マオ君、お出かけしようか？」

そう問いかけると、居間で力なく横たわっていたマオ君は、ゆるりと視線を上げた。

シロさんが亡くなってから、マオ君はなにもする気が起きないのか、心ここにあらずという感じで、ぼんやりしている。

「僕、どこにも行きたくありません」

予想した通り、マオ君はそう言ってまた椅子の上で丸まろうとする。

けれど廉治さんはマオ君の手を引いて、少し強引に誘い出す。

「マオが出かけたくない気持ちは分かるが、それなら今日はなおさら行ったほうがいい。きっと、シロに会えるよ」

それまで虚ろだったマオ君の瞳に、光が宿る。

「先生に、会えますか？」

廉治さんはにこりと微笑んで言った。

「あぁ、きっとな」

私は驚いて廉治さんのことを見つめる。

廉治さんは、大丈夫だというように頷いた。

私たち三人は家を出ると、いつもの海岸にやってきた。

波が寄せては返す音が、私たちの耳に届く。

坂道を下っている間も明るい火が見えていたが、海岸沿いで燃えている松明を見たマオ君は息をのむ。

「これが送り火ですか？」

「そうだよ。マオも準備を手伝ってくれただろう」

「すごい、綺麗です」

海岸沿いに何百メートルにもわたって並んだ松明は、まるで炎の道のようだった。

その幻想的で、どこか儚《はかな》く寂しい光景に、私は瞬きも忘れ、しばらく見とれていた。

今日は『海の送り火』の日だ。

この島での一大行事なので、島中の人たちが集まり、炎の道を見守っている。

炎からは、灰色の煙が幾筋にもわたって立ち上っていた。

「マオ、見てみろ」

廉治さんが、その煙の中を指さした。

マオ君は不思議そうにそれを見つめ、信じられないように、ごしごしと目を擦る。

煙の中に、ぼんやりと小さな影が浮かんでいる。

その影は、やがてハッキリとした形を持って動き出した。

「あれ、先生ですか……？」

私もはっとして、マオ君と同じ場所へ目を凝らす。

炎の道のすぐ近くを歩く白い猫は、たしかにシロさんだった。

少し、体が透けているようにも見える。重い肉体を捨て去ったせいか、縁側にいるときはずっと眠っていたシロさんが、軽やかに海岸を歩いている。

マオ君は興奮した声で言った。

「先生のそばに、おばあさんがいます！」

そう言われて、私も煙の中を見ようと再度瞬きした。

たしかにシロさんのそばに、小柄なおばあさんが立っている。

優しげなおばあさんは、こちらに向かってにっこりと笑みを作り、お辞儀をした。

それから腰を曲げ、両手を広げて、シロさんを抱きしめる。まるで我が子を慈しむように。

シロさんを抱き上げたおばあさんは、ゆっくりと海のほうへ歩いていく。

廉治さんが穏やかに言った。

「あれがきっと、静子さんだろう」

マオ君は、柔らかい笑みを浮かべて言う。

「そっか……先生、静子さんに会えたんですね。よかった……！」

シロさんを抱いた静子さんは、そのままふわりと煙の中へ消えていった。きっとこれからふたりは、ずっと一緒にいられるのだろう。

「よかったね、マオ君」

そう言うと、マオ君は嬉しそうに頷いた。

「はいっ！」

「それにマオ、向こうを見てみろ」

廉治さんはしばらくした後、また煙の中を指さした。

廉治さんに抱きついていたマオ君は、自分の足で砂浜に立ち、じっと灰色の煙に目を凝らす。

「……お母さん」

私もはっとして、その煙の中にいるなにかを探す。

普通の猫より、二回りくらい体が大きい猫——いや、猫又がいる。尻尾の先は、二股に分かれていた。

——あれが、マオ君のお母さんなんだ。

余裕に満ちた猫又の表情からは、得も言えぬ風格のようなものが漂っている。

廉治さんはマオ君に向かって言った。

「マオのことが心配で、会いに来てくれたんだな」

マオ君は我慢できなくなった様子で、大きな声で叫んだ。

「お母さんっ！」

その声が聞こえたと返事をするように、猫又はゆっくり、ゆっくりと、こちらに歩いてきて、やがてマオ君の目の前に腰を下ろした。

「ほら、言いたいことを言っとけ」

廉治さんに促され、マオ君は猫又の正面に立ち、しゃんと背筋を伸ばした。

しかし、突然のことでなにを話せばいいのか分からないのだろう。頬は嬉しさと緊張のせいか、赤く染まっている。

「えっと、えっと……」

私は隣でマオ君の肩を支えた。

「マオ君が頑張っていることとか、お母さんに知ってほしいこととか、伝えればいいんじゃないかな？」

それを聞いたマオ君は、こくこくと頷いて口を開いた。

「あの……お母さん、僕、頑張ってますよ！　僕、毎日幼稚園に行ってます。今は、夏休みだけど……」

猫又は、嬉しそうに金色の目を細める。

「お友達もたくさんできました！　折り紙を折ったり、滑り台で遊んだり……とっても楽しいです！　悠人君は一番仲良しで、お隣の家で、いつも一緒に遊んでいます。えっと、それに、お父さんと弥生のお手伝いもしてます！　ご飯を作ったり、お風呂もごし掃除してます！　僕、たくさん頑張ってます！」

そこまで一呼吸で言ったマオ君は、大きく息を吸った後、ぽつりとこぼした。

「お母さんにも……見てほしかったな……」

満面の笑みを浮かべていたマオ君の瞳に、透明な涙が浮かぶ。

それでもマオ君はごしごしと目蓋を擦り、笑いながら続けた。

「……だから、だからお母さん。僕にはお父さんと弥生がいるから、大丈夫です。心配しないでくださいね」

それを聞き届けたというように、猫又はにゃあと鳴いた。

マオ君は最後に一度、ぎゅっと猫又の体を抱きしめた。

彼が手を離すと、猫又はまたゆっくりゆっくりと、煙のほうへ向かって歩いていく。

マオ君は、その後ろ姿が見えなくなるまで、大きく手を振り続けていた。

「さよなら、お母さん！　元気でいてくださいね！」

廉治さんはマオ君を抱き上げ、わしわしと頭を撫でて、優しい声で言った。

「頑張ったな、マオ。……大丈夫だ、お別れじゃないよ。また会える」

「はい」

廉治さんの穏やかな声が、私の心にも染み込んでいく。

「死は悲しいけれど、マオのお母さんも、シロも、向こうの世界でマオのことを見守ってくれてる。いつかマオが向こうに行くときに、知ってる人がいると思うと、死は恐ろしいものじゃないだろう？　だから、見送ってあげよう」

マオ君はその言葉を噛みしめるように頷いた。

「はいっ！」

廉治さんの言葉を聞いて、私は大好きなおじいちゃんが亡くなったときのことを思い出した。

私と同じように、人でないものを見る力を持っていたおじいちゃん。

おじいちゃんは、治癒の力を使ったせいでのけ者にされた私のことを、いつも励ましてくれた。

彼がいなくなったとき、胸に大きな穴が空いたような喪失感を覚えた。

火葬され、骨壺《こつつぼ》に納まった姿は、それまでの彼とまるで結びつかず、死が怖くてたまらなくなった。

その悲しみを忘れたふりをして、私は大人になった。

けれど欠けた器からサラサラと砂がこぼれ続けるように、悲しみは続いていた。

廉治さんの言葉で、ようやくその穴が塞がれたような気がする。

亡くなった人の魂は、私たちと違う世界で、穏やかに、幸せに過ごしているのだろう。その場所はもしかしたら、南の島みたいに楽しい場所かもしれない。

そしていつか私たちも、そこに向かうのだ。

死は悲しいけれど、恐ろしいものじゃない。

そのときが来るまで、限られたかけがえのない日々を、私は廉冶さんとマオ君と過ごしたい。

ずっとふたりと一緒にいたい。私は、ふたりの家族になりたい。心から強く、そう思った。

なんだか涙が出そうになったので、ごしごしと目蓋を擦ってつぶやいた。

「綺麗だね」

「あぁ、そうだな」

私たちは煙の中に消えていった魂に思いを馳《は》せながら、揺らめく炎を見つめた。

海沿いに燃え続ける美しい炎の道を、いつまでもいつまでも、三人で眺めていた。

エピローグ

お盆が終わり、マオ君の夏休みも残り少なくなってきた、八月の終わりのある日。

私たちは、島をのんびり散策することにした。

三人でゆっくりと海岸沿いを歩く。

壮観だった海の送り火は今はすっかり片付けられ、海沿いのブロックの上には今日もたくさんの猫がいる。猫たちは寝そべったり、歩いたり、ぴょんとジャンプしたり、思い思いに過ごしていた。

「海、今日も綺麗です！」

「本当だね」

夏の間に、何度かこの海で泳いだ。海はどこまでも青く、空に浮かぶ白い雲が輝いているようだった。

「もうすぐ夏も終わりだね」

私は廉治さんに問いかけた。

「お盆を過ぎると、海に入ってはいけないって言うよね？　あれってどうしてだろう」

「波が高い日が多くなるからじゃないか？　あとクラゲに刺されるってのもあるかもな」

それを聞いたマオ君は、キラキラと瞳を輝かせた。

「僕、本土の水族館で、一度クラゲがたくさん泳いでいるのを見たことがあります！

クラゲ、かわいいから好きです」

私はその言葉に同意した。

「たしかに、丸い水槽でふよふよ泳ぐクラゲは涼しげで和むよね。今度一緒に水族館に行こうか」

そう言うと、マオ君は嬉しそうにはしゃいでぴょんぴょんとその場で跳ねる。

私は元気な様子のマオ君を見て、安心した。

シロさんのことでしばらく落ち込むのではないかと心配していたが、送り火で彼らの魂を見送ったことで気持ちが落ち着いたのか、笑顔をたくさん見せてくれるようになった。

海岸沿いを散歩した後、私たちは一度家に戻り、三人でソーダ味のアイスを食べた。

廉治さんは暑さが苦手なのか、むっとした表情で太陽をにらみつけている。

「しかしもうすぐ九月なのに、毎日暑いよな。そろそろ涼しくなってもいいのに。年々暑くなってる気がするんだよな」

「たしかに……」

「でも僕、夏好きですよ！　今年は悠人君と遊んだり、海に行ったり、とっても楽しかったです！」

「秋になっても、いろんなところにお出かけしようね」

そう言うと、マオ君は嬉しそうに微笑んだ。

こうやってアイスを食べていると、小学生の頃の夏休み、おじいちゃんの家で遊んでいたことを思い出す。

「廉治さん、マオ君、一緒に行ってほしい場所があるんだ」

そう話すと、ふたりは不思議そうに私のことを見た。


島の細い坂道を上った先、見晴らしのいい場所に、石造りの鳥居がある。

その鳥居をくぐり抜けると、小さな神社があった。

家のすぐ近くにある場所だけれど、意識して来ようと思わないと、なかなか来る機会がない。

涼やかな風が、さわさわと木の枝を揺らす。

周囲には緑が生い茂っているせいか、ほかの場所より涼しく感じられた。

マオ君は目を細め、じっと本殿を見つめる。

「ここは……お父さんのおうちですね？」

それを聞いた廉治さんは、優しくマオ君の頭を撫でた。

「あぁ、そうだ。お父さんが、最初にこの島で住《す》み処《か》とした場所。それに、ここで弥生と初めて会ったんだ」

私は遠い夏の日を思い出す。

この神社の木の陰で、子供の廉治さんはうずくまって泣いていた。

私はマオ君を見つめて話した。

「ここは大切な思い出の場所なんだ。だから、マオ君を連れてきたくて」

そう話すと、マオ君はくすぐったそうに微笑んだ。

「子供の頃のお父さんは、どんな感じでしたか？」

「そうだなぁ、多分泣き虫だったんじゃないかな？」

「本当ですか⁉」

「うん。きっと今のマオ君より、ずっと泣き虫だったよ」

そう告げると、廉治さんは恥ずかしそうに眉を寄せる。

「はぁ？　俺は今まで一度も泣いたことなんかないぞ」

まるで子供みたいなことを言うので、マオ君とふたりでクスクスと笑ってしまった。


家に戻ると、私は台所で夕食の準備をすることにした。

「今日は廉治さんの好きな料理を作ろうかな」

そう話すと、廉治さんはくすぐったそうに微笑んだ。

「へぇ、誕生日でもないのにどうした？」

「なんとなく。この前マオ君の好きなオムライスは作ったし」

マオ君は私の隣でぴょんぴょん跳ねる。

「オムライスは毎日食べてもおいしいので、また作ってくださいね」

「了解です」

廉治さんはそうだなぁ、と考えてから微笑む。

「弥生の作るもんならなんでも好きだけど。鰆の煮付けがうまかったから、また食べたいな」

「じゃあ、そうしよう。ちょうど、近所の漁師さんにもらったお魚が何種類かあるんだ」

「近所の漁師って、裏のじいさんか？」

「そうそう。昨日の夕方、荷物が多くて大変そうだったから、家まで一緒に運ぶお手伝いをしたんだ。そうしたら、お礼に新鮮なお魚をくれたの」

「この島らしい話だな」

私はたしかにそうだと思いながら、煮付けを作った。

この島では、困っている人がいたら誰かが自然と手を差し伸べてくれる。温かくて、居心地がいい。

「ご飯できましたよー」

そう声をかけると、すぐにふたりは席に座った。

「お魚おいしそうです！」

「骨に気を付けろよ」

私と廉治さんとマオ君と三人で食事を囲みながら、こんな日が毎日続けばいいなと思った。

自分の作った料理を喜んで食べてくれる人がいるのは、とても嬉しい。


ご飯が終わり、お風呂に入ったマオ君は、布団の上でごろりと横になる。

マオ君は最近ひとりで眠るのを寂しがるので、彼が眠りにつくまで、私と廉治さんはマオ君を見守っていた。

うとうとしているマオ君は、眠そうな口調でぽそりと言った。

握った手から伝わる体温がいつもより温かい。

「弥生……ずっとそばにいてくださいね？」

「もちろん。マオ君が眠るまで、そばにいるよ」

マオ君はうつらうつらとしながら否定した。

「そうじゃないです……弥生は、いつ僕の本当のお母さんになりますか？」

「えっ！」

突然の言葉に、私も廉治さんもびくっとしてしまう。

マオ君は眠りそうになりながら、ふにゃふにゃと続ける。

「弥生と初めて会ったとき、僕、弥生がお母さんになるの、嫌だって言ったけど。今は、弥生がいいです。弥生じゃないと、嫌です。だから……」

そうつぶやきながら、マオ君はすーすーと幸せそうな顔で眠ってしまった。

廉治さんは音がしないようにそっと立ち上がり、私を手招きした。

そして廉治さんの部屋に移動し、隣に並んで腰かける。

「まったく、俺が言おうと思ってたのに、先にマオに言われちまうんだからな」

「言うって、なにを?」

廉治さんは、少し照れくさそうに笑った。

「きちんと弥生にプロポーズしてなかった気がして」

心臓がドキリと高鳴った。

「あの……ずっと思ってたの。どうして私だったのかなって」

廉治さんは昔を懐かしむように、目を細める。

「俺がこの島に来たばかりの頃の話をしようか」

そう言って、廉治さんは昔の話を始めた。

この島は、もともと廉治さんのおじいさんが守り神をしていたそうだ。

しかし島の人たちは、現代的な生活を過ごすうちに、神への信仰を忘れてしまった。そのせいでおじいさんの力は弱って衰弱し、消えてしまいそうになったのだという。

それを知った廉治さんは、人間のことをひどく憎んだようだ。

私は園長先生から、廉治さんが昔人間を憎んでいたと聞いたことを思い出した。

おじいさんのことがあったからだったのか。

「神はな、食事も睡眠もいらないけど、人に信じられないと、生きていられないんだ。特に、その土地の守り神みたいな神は」

「自分の大切な人が、島の人たちのせいで力を失ったんだね。人間を憎んでも、仕方ないよね……」

「だけど自分の力がなくなって、消えそうになっているにもかかわらず、じいさんはこの島の人間のことを、大切に思っていた。俺は、正直言ってどうしてそこまでじいさんがこの島を大切にするのか、理由が分からなかったよ」

だから島に来たとき、廉治さんは守り神になどなってやらない、むしろこんな島を壊してやりたい。そんな風に考えていたようだ。

「それなのに、ずいぶん穏やかになったんだね」

廉治さんの視線が、まっすぐに私を見つめる。

「そんなとき、弥生に会ったんだ」

「え、私!?」

私は遠い夏の日、泣いていた廉治さんを思い出した。一目見たときから、彼が人間でないと分かった。そして、彼が孤独であることも伝わってきた。

「弥生も知ってると思うが、俺はその頃、未熟でまだまだできないことだらけで。自分の力すらうまく操れなくて。暴走して、ケガをした」

「うん」

「弥生はなんの迷いもなく、俺を癒やしてくれた。初めて人間に優しくされて、驚いたんだ。それにあの頃の俺には、触れた人間の過去が、なんとなく分かる力があったから、弥生の過去が見えたんだ」

「え、そうだったの!?」

嫌だという気持ちはないけれど、少し恥ずかしい。

「黙っててごめんな。弥生は、癒やしの力を使うことでひどいことを言われても、のけ者にされても、力を使い続けていた。なんの見返りもないし、礼すら言われないのに」

私は昔のことを思い出し、苦笑した。

「自分が傷つくことより、誰かが傷ついていることのほうが、許せなかったのかもしれない」

「俺はそんな弥生を知って、誰よりも気高いと思ったんだ」

あまりにも廉治さんが褒めてくるので、照れてしまう。

「いや、別にそんな大したことじゃないよ」

「大したことだよ。俺の考えを、百八十度変えたんだからさ。弥生に出会ってから、俺は人間への見方が変わったんだ。それまでは正直、取るに足らない生き物だと思っていたけれど、人間にもひとりひとり、尊敬できるところや素晴らしいところがあると気づけた。そうしてようやく、じいさんの言ってる意味が理解できた気がしたんだ」

廉治さんは昔を懐かしむように、優しく目を細める。

「弥生と過ごした日々は、俺にとって宝物みたいだった。初めて恋に落ちた。初めて誰かのことを、特別な存在だと意識した。俺にとっては弥生こそが、神さまみたいな存在に思えた」

彼の言葉を聞きながら、顔が熱くなるのを感じた。

「俺はどうしても、弥生と結婚したかったんだ。だから、立派な神になろうと思った」

彼の大きな手が、私の手を包む。

「この前、話していたよね。お目付役に天界へ連れ戻されて、ほかの神さまにも反対されたって。それでもまた人間の世界で暮らせるように、たくさん修行したんだって」

「あぁ。天界と人間の世界では時間の流れが違うから、修行をしている間に、気が付いたら弥生は二十歳近くになっていた」

「なるほど」

廉治さんがそこまでして私を迎えに来てくれたのは嬉しい。けれど……。

「でも神さまの住んでいる世界には、廉治さんのお父さんやお母さんや、友達だっているんでしょう？」

「そうだな」

「人間の世界で暮らすようになれば、その人たちとは簡単には会えなくなるよね？　それに神さまの力も、使わないようにしてるんでしょう。迷ったりとか、諦めようとか、思わなかったの？」

廉治さんはいつものように、不敵に微笑んだ。

「ないよ、迷いなんて。たとえ持っている力のすべてを失ってもいいから、弥生のそばにいたかったんだ」

彼は笑いながら付け加えた。

「それに、別に天界とつながりが切れたわけじゃないから。帰ろうと思えば帰れるし、力だって使わないようにしてるだけで、なくなったわけじゃない。弥生が気にする必要はないよ」

さらりと話してくれたけれど、彼の決意はきっと、私が考えているよりもずっと重い。

「……どうして私だったの。ほかにも、素敵な人がいくらでもいるんじゃないかって思うの」

「俺の世界を変えたのは、弥生だけだ。だからほかの誰かなんて、誰もいない。俺が結婚したいと思ったのは、弥生たったひとりだ」

胸が熱くなり、私は首を横に振った。

「なんだか、もったいなくて、まだうまく言葉をのみ込めていないけど」

「いいよ、これから何度でも伝えるから」

そう言われると、さらに顔が熱くなった。

「それに、俺は勘違いしていた。全部を失う覚悟で人間の世界に来たけど、マオと弥生には、たくさん幸せをもらった。俺は今、すごく幸せだよ」

私も彼と同じ気持ちだった。

「弥生、俺と結婚してくれるか？」

私は嬉しさで涙がこぼれそうになるのを感じながら、しっかりと頷いた。

「廉治さんとマオ君と三人で過ごす時間は、私もすごく大切で……。こういうのが家族なのかなって、最近よく考えるようになって。私も廉治さんと、ずっと一緒にいたいな。それで、マオ君の成長を、見守っていけたらいいなって思うの」

廉治さんはやった、と叫んで私をぎゅうっと抱きしめた。

「ちょっ、廉治さ……！」

ふわりと身体が浮いて、そのまま畳の上に押し倒され、唇が重なる。

私は彼の背中に手を回し、すぐ近くにある廉治さんの顔を見つめた。

「夢みたいだ」

熱に浮かされたように、そうつぶやいた彼が愛おしいと思う。

廉治さんの骨張った手が、頬に触れた。

「身も心も俺のものになる覚悟はできたか？」

「ま、まだです！」

そう答えると、廉治さんは少し残念そうに笑い、私の額にキスを落とした。

「いつになったらできる？」

「す、少しずつ、段階を追って……」

そう答えると、彼はおかしそうに微笑む。

「前にたずねたときから、あんまり変わってない気がするな」

私はこの家に来た頃のことを思い出し、首を横に振った。

「全然違うよ！」

「へぇ？　どこが？」

主に私の気持ちの面で、全然違う。

あの頃は、まだ廉治さんのことをなにも知らなかった。彼の言葉も信じられなかった。

けれどいつの間にか、私は彼に恋していた。

廉治さんはいつも優しくて穏やかだったし、私にたくさんの愛をくれた。

マオ君をかわいがっているところも、仕事に一生懸命なところも、かと思えば家事が全然できないところもひっくるめて、全部好きだ。

廉治さんはわざと意地悪を言っているだけで、私の気持ちもお見通しなのだろう。

「でも、ちょっと悔しいな」

「なにがだ？」

「廉治さん、『どうせすぐに俺を好きになる』って言ったでしょう？　結局その通りになってしまったから」

そう言うと、彼は頬を赤くして、溜め息をついた。

「だから、あんまりかわいいことを言うなって。我慢できなくなるから」

廉治さんは私にもう一度キスをして、優しい声で言った。

「俺はきっとこれからも、もっと弥生のことを好きになるよ。だから弥生も、もっと俺のことを好きになればいい」

私は彼のことを抱きしめ、そうだね、とつぶやいた。

目を閉じると、遠くで波音が聞こえた気がした。

この島には、神さまが住んでいる。美しい海に囲まれ、猫がそこら中でくつろぎ、優しい人々が穏やかに暮らしている。

私はこの島で、これからも廉治さんとマオ君と、一緒に生きていきたい。

「廉治さん、私を迎えに来てくれてありがとう」

【完】

あとがき

こんにちは、御守いちると申します。

この度は本作を手に取っていただき、誠にありがとうございます。


大変な情勢が続く昨今ですが、いかがお過ごしでしょうか。

私は二〇二〇年の春頃、様々な報道を目にして精神的に疲れ切っており、その頃大流行していた某ゲームで自分の島を作り、ひたすら島を徘徊して住人たちと会話することが日々の癒やしでした。

虚ろな目で画面を見つめながら、「私もどうぶつがたくさん住んでいる島に住みたい……。猫ばっかり住んでる島に行きたい……。そういえば、昔ニュースで見たけど本当に猫島ってあるらしいな……」と考えたのがこの小説を書くきっかけとなりました。

調べてみたところ、一か所ではなく、どうやら日本全国に何か所も猫島が存在するということを知りました。しかも私の故郷の香川県にも猫島が存在するらしいのです。

というわけで、この小説は香川県周辺の猫島を舞台にしております。とはいえ明確にここ、という舞台があるわけではなく、ふんわり創作も混じっています。

実際に島で暮らすとなると、いいところも悪いところも色々あると思うのですが、「そういうリアルな人間との軋轢とかはええんや！　とにかくイケメンと、かわいいちびっこに癒やされる小説が書きたいんや！」という妄想と情熱でこの小説が出来上がりましたので、読者様も猫島に行った気分になって、のんびりと癒やされていただければ幸いです。

最後になりましたが、イラストを描いてくださった鈴倉温先生、優しく導いてくださった担当の森上様、スターツ出版文庫編集部の皆様に、お礼を申し上げます。

そしてこの本を読んでくださった読者様にも、心からの感謝を。

読者様が心穏やかに日々を過ごせるように祈りつつ、あとがきとさせていただきます。

二〇二一年二月　御守いちる

この物語はフィクションです。実在の人物、団体等とは一切関係がありません。

御守いちる先生へのファンレターのあて先
〒104-0031　東京都中央区京橋1-3-1　八重洲口大栄ビル7F
スターツ出版（株）書籍編集部 気付
御守いちる先生

猫島神様のしあわせ花嫁
〜もふもふ妖の子守りはじめます〜

2021年2月28日　初版第１刷発行

著　者　　御守いちる　

発 行 人　　菊地修一
デザイン　　フォーマット　西村弘美
　　　　　　カバー　おおの蛍（ムシカゴグラフィクス）
発 行 所　　スターツ出版株式会社
　　　　　　〒104-0031
　　　　　　東京都中央区京橋1-3-1　八重洲口大栄ビル7F
　　　　　　出版マーケティンググループ　TEL 03-6202-0386
　　　　　　（ご注文等に関するお問い合わせ）
　　　　　　URL　https://starts-pub.jp/
印 刷 所　　大日本印刷株式会社

Printed in Japan

ISBN　978-4-8137-1052-3　C0193

スターツ出版文庫　好評発売中!!

『僕が恋した、一瞬をきらめく君に。』　音《おと》はつき・著

サッカー選手になる夢を奪われ、なにもかもを諦めていた高２の樹。転校先の高校で友達も作らず、ひとりギターを弾くのだけが心落ち着く時間だった。ある日公園で弾き語りをしているのを同級生の咲果に見つかってしまう。かつて歌手になる夢を見ていた咲果と共に曲を作り始めた樹は、彼女の歌声に可能性を感じ、音楽を通した将来を真剣に考えるようになる。どん底にいた樹がやっと見つけた新しい夢。だけど咲果には、その夢を追いたくても負えない悲しい秘密があって…。

ISBN978-4-8137-1041-7／本体590円+税

『ようこそ来世喫茶店へ～永遠の恋とメモリーブレンド～』　辻堂《つじどう》ゆめ・著

カフェ店員に憧れる女子大生の未桜は、まだ寿命を迎えていないにも関わらず『来世喫茶店』―あの世の喫茶店―に手違いで招かれてしまう。この店は“特別な珈琲”を飲みながら人生を振り返り、来世の生き方を決める場所らしい。天使のような少年の店員・旭が説明してくれる。未桜はマスターの孝之と対面した途端、その浮世離れした美しい姿に一目惚れしてしまい…!? 夢見ていたカフェとはだいぶ違うけれど、店員として働くことになった未桜。しかし、未桜が店にきた本当の理由は、孝之の秘密と深く関わっていて――。

ISBN978-4-8137-1038-7／本体630円+税

『いつか、眠りにつく日３』　いぬじゅん・著

案内人のクロに突然、死を告げられた七海は、死を受け入れられず未練解消から逃げてばかり。そんな七海を励ましたのは新人の案内人・シロだった。彼は意地悪なクロとは正反対で、優しく七海の背中を押してくれる。シロと一緒に未練解消を進めるうち、大好きな誰かの記憶を忘れていることに気づく七海。しかし、その記憶を取り戻すことは、切ない永遠の別れを意味していた…。予想外のラスト、押し寄せる感動に涙が止まらない――。

ISBN978-4-8137-1039-4／本体600円+税

『縁結びの神様に求婚されています～潮月神社の甘味帖～』　湊祥《みなとしょう》・著

幼いころ両親が他界し、育ての親・大叔父さんの他界で天涯孤独となった陽葵。大叔父さんが遺してくれた全財産も失い、無一文に。そんなとき「陽葵、迎えに来た。嫁にもらう」と颯爽と現れたのは、潮月神社の九狐神様で紫月と名乗る超絶イケメンだった。戸惑いながらも、陽葵は得意のお菓子作りを活かし、潮月神社で甘味係として働きながら、紫月と同居生活することに。なにをするにも過保護なほど心配し、甘やかし、ときには大人の色気をみせながら、陽葵に迫ってくる紫月。どんどん惹かれていく陽葵だが、ある日突然そんなふたりに試練が訪れて…。

ISBN978-4-8137-1040-0／本体610円+税

スターツ出版文庫　好評発売中!!

『交換ウソ日記２～Erino's Note～』櫻《さくら》いいよ・著

高校で副生徒会長を務める江里乃は、正義感が強く自分の意見があり、皆の憧れの存在。そんな完璧に見える彼女だが、実は恋が苦手だ。告白され付き合ってもなぜか必ずフラれてしまうのだ。そんなある日、江里乃は情熱的なラブソングが綴られたノートを拾う。恥ずかしい歌詞にシラけつつも、こんなに純粋に誰かを好きになれるノートの中の彼を少し羨ましく感じた。思わずノートに「私も本当の恋がしたい」と変な感想を書いてしまう。ウソみたいな自分の本音に驚く江里乃。その日から、ノートの彼と“本当の恋”を知るための交換日記が始まって――。

ISBN978-4-8137-1023-3／本体640円+税

『京都やわらぎ聞香処～初恋香る鴨川の夜～』広瀬《ひろせ》未衣《みい》・著

京都の老舗お香店の孫娘で高校生の一香は、人の心が色で見える特殊能力の持ち主。幼い頃、そのせいで孤独を感じていた彼女に「辛い時は目を閉じて、香りだけを感じて」と、匂い袋をくれたのが、イケメン香司見習い・颯也だった。彼は一香の初恋の人。しかし、なぜか彼の心の色だけは見ることができない。実は、颯也にもその理由となる、ある秘密があった…。そして一香は、立派に香司となった彼と共に、お香カフェ『聞香処』を任されることになり――。“香り”が紐解く、大切な心の記憶。京都香る、はんなり謎解きストーリー。

ISBN978-4-8137-1024-0／本体590円+税

『鬼の花嫁二～波乱のかくりよ学園～』クレハ・著

あやかしの頂点に立つ鬼、鬼龍院の次期当主・玲夜の花嫁となった柚子。家族に虐げられていた日々が嘘のように、玲夜の腕の中で、まるで真綿で包むように溺愛される日々。あやかしやその花嫁が通うかくりよ学園大学部に入学し、いつか嫁入りするその日へ向けて花嫁修業に励んでいたけれど…。パートナーのあやかしを毛嫌いする花嫁・梓や、玲夜に敵対心を抱く陰陽師・津守の登場で、柚子の身に危機が訪れて…!?

ISBN978-4-8137-1025-7／本体610円+税

『あの星が降る丘で、君とまた出会いたい。』汐《しお》見《み》夏《なつ》衛《え》・著

中２の涼は転校先の学校で、どこか大人びた同級生・百合と出会う。初めて会うのになぜか懐かしく、ずっと前から知っていたような不思議な感覚。まっすぐで凛とした百合に涼はどんどん惹かれていく。しかし告白を決意した矢先、百合から聞かされたのは、75年前の戦時中にまつわる驚くべき話で――百合の悲しすぎる過去の恋物語だった。好きな人に、忘れられない過去の恋があったら、それでも思いを貫けますか？愛することの意味を教えてくれる感動作。

ISBN978-4-8137-1026-4／本体570円+税

スターツ出版文庫　好評発売中!!

『龍神様と巫女花嫁の契り』　涙鳴《るいな》・著

社内恋愛でフラれ恋も職も失った静紀は、途方に暮れ訪ねた『竜宮神社』で巫女にスカウトされる。静紀が平安の舞の名士・静御前の生まれ変わりだというのだ。半信半疑のまま舞えば、天から赤く鋭い目をした美しい龍神・翠が舞い降りた。驚いていると「てめえが俺の花嫁か」といきなり強引に求婚されて!?かつて最強の龍神だった翠は、ある過去が原因で神力が弱まり神堕ち寸前らしい。翠の神力を回復する唯一の方法は…巫女が生贄として嫁入りすることだった！神堕ち回避のための凸凹かりそめ夫婦、ここに誕生!?

ISBN978-4-8137-1005-9／本体660円+税

『はい、こちら「月刊陰陽師」編集部です。』　遠藤遼《えんどうりょう》・著

陰陽師家の血を継ぐ真名は、霊能力があるせいで、恋人もできず就活も大苦戦。見かねた父から就職先に出版社を紹介されるが、そこにはチャラ男な式神デザイナーや天気と人の心が読める編集長が…しかも看板雑誌はその名も「月刊陰陽師」!?普通の社会人を夢見ていた真名は、意気消沈するが、そこに現れたイケメン敏腕編集者・泰明に、不覚にもときめいてしまう。しかし彼の正体は、安倍晴明の血を継ぐエリート陰陽師だった。泰明の魅力に釣られるまま、個性派揃いの編集部で真名の怪事件を追う日々が始まって――!?

ISBN978-4-8137-1006-6／本体630円+税

『僕らの夜明けにさよならを』　沖田円《おきたえん》・著

高２の女の子・青葉は、ある日バイト帰りに交通事故に遭ってしまう。目覚めると幽体離脱しており、キュウと名乗る死神らしき少年が青葉を迎えに来ていた。本来であれば死ぬ運命だった青葉だが、運命の不具合により生死の審査結果が神から下るまで、キュウと過ごすことに。魂の未練を晴らし、成仏をさせるキュウの仕事に付き添ううちに、青葉は母や幼馴染・恭弥に対して抱いていた想いに気づいていく。そして、キュウも知らなかった驚きの真相を青葉が突き止め…。予想外のラストに感涙必至。沖田円が描く、心揺さぶる命の物語。

ISBN978-4-8137-1007-3／本体580円+税

『だから私は、明日のきみを描く』　汐見夏衛《しおみなつえ》・著

――なんてきれいに空を飛ぶんだろう。高１の遠子は、陸上部の彼方を見た瞬間、恋に落ちてしまう。けれど彼は、親友・遥の片思いの相手だった…。人付き合いが苦手な遠子にとって、遥は誰よりも大事な友達。誰にも告げぬままひっそりと彼への恋心を封印する。しかし偶然、彼方と席が隣になり仲良くなったのをきっかけに、遥との友情にヒビが入ってしまう。我慢するほど溢れていく彼方への想いは止まらなくて…。ヒット作『夜が明けたら、いちばんに君に会いにいく』第二弾、待望の文庫化！

ISBN978-4-8137-1008-0／本体600円+税

スターツ出版文庫　好評発売中!!

『理想の結婚お断りします～干物女と溺愛男のラブバトル～』　白石《しらいし》さよ・著

某T大卒で、一流商社に勤める紺子。学歴は高いが恋愛偏差値の低い筋金入りの干物女子。完璧に見える紺子には致命的な欠点が…。その秘密があろうことか人事部の冷酷無慈悲なイケメン上司・怜二にバレてしまう。弱みを握られ、怜二を憎らしく思う紺子。そんな中、友人の結婚式にパートナー同伴で出席を求められ大ピンチ！しかし、途方に暮れる紺子に手を差し伸べたのは、冷酷無慈悲なはずの怜二だった。彼はある意地悪な条件付きで、偽装婚約者になると言い出して…!?

ISBN978-4-8137-0990-9／本体600円+税

『明治ロマン政略婚姻譚』　朝比奈希夜《あさひなきよ》・著

時は明治。没落華族の令嬢のあやは、妾の子である故に、虐げられて育った。急死した姉の身代わりとして、紡績会社の御曹司･行基と政略結婚することに。麗しい容姿と権力を持つ完璧な行基。自分など釣り合うわけがない、と形だけの結婚として受け入れる。しかし、行基はあやを女性として扱い、宝物のように大切にした。あやにとって、そんな風に愛されるのは生まれて初めての経験だった。愛のない結婚のはずが、彼の傍にいるだけでこの上ない幸せを感じるようになり…。孤独だった少女が愛される喜びを知る､明治シンデレラ物語。

ISBN978-4-8137-0991-6／本体630円+税

『たとえ、僕が永遠に君を忘れても』　加賀美真也《かがみしんや》・著

母が亡くなったことで心を閉ざし思い悩む高1の誠。そんな彼の前に、突然千歳という天真爛漫なクラスメイトが現れる。誰とも関わりたくない誠は昼休みに屋上前でひっそりと過ごそうとするも、千歳が必ず現れて話しかけてくる。誠は日々謎の悪夢と頭痛に悩まされながらも、一緒に過ごすうち、徐々に千歳の可愛い笑顔に魅力を感じ始めていた。しかし、出会ってから半年経ったある日、いつものように悪夢から目覚めた誠は、ふたりの運命を引き裂く、ある過去の記憶を思い出し…。そして、彼女が誠の前に現れた本当の理由とは――。時空を越えた奇跡の青春ラブストーリー！

ISBN978-4-8137-0992-3／本体620円+税

『鬼の花嫁～運命の出逢い～』　クレハ・著

人間とあやかしが共生する日本。絶大な権力を持つあやかしの花嫁に選ばれることは憧れであり、名誉なことだった。平凡な高校生・柚子は、妖狐の花嫁である妹と比較され、家族にないがしろにされながら育ってきた。しかしある日、類まれなる美貌を持つひとりの男性と出会い、柚子の運命が大きく動きだす。「見つけた、俺の花嫁」—。彼の名は鬼龍院玲夜—あやかしの頂点に立つ鬼だった。玲夜から注がれる全身全霊の愛に戸惑いながらも、柚子は家族から逃れ、玲夜のもとで居場所を見つけていき…!?

ISBN978-4-8137-0993-0／本体630円+税